살아낸 시간이
살아갈 희망이다

살아낸 시간이
살아갈 희망이다

박민근 지음

생각속의집

우리에게 책이 있는 한,
이기지 못할 상처는 없다.

살아낸 시간이 살아갈 희망이다

나는 내 상처를 말하지 못하는 사람이었다. 아팠지만, 아팠다고 말하지 못했다. 나는 내 상처가 부끄럽고 싫었다. 상처를 드러내는 일이 자존심을 깎는 것이라 여겼다.

그런 내가 처음 상처를 고백했던 사람은 내 스승 마광수다. 그는 내 상처를 진지하게 듣고 진심어린 조언을 해주었다. 고마운 사람이었다. 내가 그에게 특별한 심리치료를 받았다는 사실을 오랜 후에야 깨달았다. 그가 자살로 생을 마감한 후, 우리가 함께한 날들을 떠올리며 그가 건넨 치유와 위안에 또 다시 감동했다. 나는 뒤늦게 후회의 눈물을 흘렸다.

누구나 그러하겠지만 내게도 시련이 있었다. 어릴 적 옥상에서 떨어져 사경을 헤맨 일, 그 때문에 몇 년이나 심한 불안장애와 함묵증으로 고통스러웠던 일, 그리고 목숨 같았던 미술을 포기하며 십대 시절 어둠 속에서 보낸 일. 나는 그 일들을 마광수에게 솔직히 고백했다. 그는 내 아픔을 편안하고 가장 받아먹기 좋은 말로 풀어주었다. 마치 어미 새가 삼킨 먹이를 먹기 좋은 반죽으로 녹여 내어놓듯이.

"민근아, 인간은 다 그래. 너만 그렇게 불안한 게 아냐. 나도 너만큼 불안해. 항상 불안에서 헤어나지 못하지. 인생은 불완전한 거고, 그래서 불안한 거고, 조금 덜 불안해지는 방법을 찾아다니는 게 인생이지. 별것도 아닌 인생이 원래 그런 거야."

그는 나의 소중한 치유자였다. 내가 기억하는 그는 섬세한 사람, 사람의 마음을 꿰뚫는 사람, 인간의 감정에 예의바른 사람이었다. 그의 육성을 기억하는 사람이라면 그의 목소리가 특히 한 사람을 향할 때, 더할 나위 없이 울림이 있다는 것을 떠올릴 것이다.

서른 무렵, 다니던 학교에서 큰일을 겪으며 나의 마음은 지옥에서 지냈다. 목숨을 포기할 생각까지 했다. 그것은 마광수와 관계가 있었다. 하지만 나는 그 상처를 솔직히 털어놓을 수 없었다. 마광수 때문이었다. 그는 한국인이 가장 혐오했던 사람 가운데 한 명이었다. 그 까닭에 당시 내가 왜 그토록 우울했고, 또 심하게 무너졌는지 말할 수가 없었다. 나는 솔직할 수가 없었다.

10년 가까이 글을 쓰면서도 내가 그의 제자였고, 그 때문에 마음의 병을 앓았다고 말하지 못했다. 심지어 그와의 일로 죽음까지 기도했다는 사실도 털어놓을 수 없었다. 언젠가는 책에서 밝히고 싶다고 하자, 사람들은 극구 말렸다. 나도 역시 주저했다. 그래서 그동안 나는 머리와 꼬리는 자른 채, 서른 즈음 극심한 우울증으로 고통 받았다는 말만 되풀이했다. 상처를 제대로 표현할 수 없는 일 역시 고통스러웠다.

고통을 이기기 위해서는 고통을 말해야만 한다. 그것은 더 건강하게 살기 위한 생존의 선택이다. 나는 상처받은 나를 흙, 책, 사랑으로 되살렸다. 그 시간이 10년 가까이 이어졌다. 이제야 나는 온전해질 수 있었다. 이런 나의 고통과 치유의 시간을 이 책에서 솔직하게 고백했다.

내 치유의 중심에는 언제나 책이, 문학이 있었다. 깊은 상처에서 벗어나기 위해, 나는 다시 책을 읽고 글을 써야 했다. 그것은 전에 했던 책 읽기와 글쓰기와는 사뭇 다른 일이었다. 그것은 자신의 내면을 발견하고, 고통스러운 인생을 수용하며, 좋은 삶을 탐색하는 일이었다. 오직 매일 다시 깨어나고, 다시 자신을 돌보고, 자기 삶을 일으켜 세우는 일이었다.

살아낸 시간이 살아갈 희망이다

15년째 나는 9시에 잠들어 새벽 3시에 일어나 책을 읽고 글을 쓴다. 그 새벽 시간은 치유의 근육들이 단단해지는 시간이다. 그러는 사이, 삶을 치유하는 책들을 알게 되었고, 문학의 거대한 치유 능력도 확인할 수 있었다. 세상에는 상처에 바르는 연고와 같은 책과 문학이 존재한다. 나는 이제 제대로 책을 읽고, 제대로 글을 쓸 수 있다. 그렇게 나는 문학치료사가 되었다.

　아픔의 순간이든 기쁨의 순간이든 삶의 모든 순간이 소중하다. 삶이 비록 비루한 것들 속에서 방황할지언정 언제나 우리는 삶을 희망한다. 지금까지 잘 살아왔다. 아니 잘 견뎌왔다. 그것이 살아갈 힘이 될 것이다. 살아낸 시간이 살아갈 희망이다.

8월의 어느 새벽을 열며

박민근

차례

1장
나를 잃어버린 시간들
상실

그는 웃고 있었다

2017년 9월 7일, 나는 장례식장을 향하고 있었다. 이제 그는 세상에 없다. 지난 밤 그 사실이 나를 두렵게 했다. 겨울이 지나고 봄이 되면 그를 꼭 다시 만나겠다는 바람은 물거품이 되었다. 인간 마광수는 2017년 9월의 어느 날 자살로 생을 마감했다. 그의 생은 자살로 끝냈어야 할 만큼 고통스러운 것이었다.

장례식장에 가기 전, 매주 출연하는 라디오 녹음이 있었다. 내가 출연하는 코너는 매주 치유서를 낭독하여 들려주는 것이었다. 진행자는 영화감독 이장호 씨의 동생인 이영호 씨. 그는 시각장애인이 되면서 방황의 길을 걸었다. 그도 나처럼 자살충동에 시달렸다고 한다. 독서광인 그는 많은 것에 통달해 있었다. 상처를 이겨낸 사람만이 가진 내면의 힘을 그에게서 느낄 수 있었다.

녹음방송을 마친 후 그와 마광수에 대한 이야기를 나눴다. 그는 마광수의 죽음에 안타까움을 표시했다. 우리사회가 그를 이해하지 못했다고, 그만큼 우리가 무지했다고. 그는 마광수의 전부인과도 가까웠다. 한때 마광수가 나에게 의지했다는 사실도 그에게 말했다. 그로 인해 쉽지 않은 길을 걸었던 나의 지난 일도 모두 안타까운 일이라고 했다. 그는 마광수의 죽음, 그리고 나의 지난 상처는 모두 우리사회의 저열한 단면을 보여주는 거라고 했다. 녹음을 마치고 나서는 내게 그는 짧게 한마디를 던졌다.

"얼른 가보셔야겠네."
"네, 선생님."

그 말에 나는 더 황망해졌다. 그의 부재는 언젠가 닥칠 사태였다. 20년 가까이 그의 현존이 짐이었던 내게 그것은 예고된 파국이었다. 언제나 비극의 실체는 비극 이후에만 목격할 수 있다. 그의 죽음은 단지 하나의 사건이 아니었다. 개인의 죽음이 아니었다. 그것은 무거운 사건들이 쇠사슬로 치밀하게 이어진 잔혹한 사태였다.

그의 죽음으로 가슴 저 아래로 밀쳐두었던, 지난 시간이 내 의식 위에 어지럽게 펼쳐졌다. 나는 그것들이 저리도록 가슴 아팠다. 하염없이 눈물이 흘렀다. 장례식장을 향하는 택시 안에서 나는 내내 눈물을 흘리고 있었다. 장례식장은 세브란스가 아니었다. 그 또한 분통 터지는 일이었다. 그는 평생 연세인인 것을 자랑스러워했다. 항상 연세인의 심장인 자유를 사랑했다. 하지만 마지막 장례식장은 그가 정신과 약을 타러 다녔던 순천향대학교 영안실이었다.

장례식장에 들어선 나는 그의 영정사진을 견딜 수가 없었다. 그는 참혹하게도 영정사진 속에서 웃고 있었다. 그의 인생이 미소 지을 수 없다는 사실을 나는 잘 알고 있었다. 나는 사력을 다해 몇 시간 동안 빈소에 앉아 있었다. 고통스러운 일이었다. 내 안의 힘들이 모조리 빠져나가는 것 같았다. 겉은 무표정을 하고 있었지만, 나는 통곡하고 있었다. 한 시간, 두 시간…… 시간이 흐를수록 내 안의 힘들이 증발하는 것을 느꼈다. 그의 죽음 앞에서 나의 생이 모든 힘을 잃어가는 것 같았다.

만약 17년 전, 그 '끔찍한 사건'이 생겼을 때 그가 자살했다면 나는 견딜 수 없었을 것이다. 만약 그랬다면, 나는 완전히 무너졌을 것이다. 하지만 그는 죽지 않고 17년을 버텼다. 아니 버텨주었다. 그 버팀의 시간은 나에게 그의 부재를 견딜힘을 주었다. 그것이 고마우면서도 무거운 일로 가슴을 짓누른다. 그가 벌어준 17년의 시간 덕분에 나는 나다운 삶을 살아볼 기회가 생겼다. 아니, 이렇게 생존해 있다. 이 순간의 참담한 비극을 마주하고도 감히 감당할 정신을 얻게 되었다. 하지만 그것이 아픔을 느끼지 못한다는 뜻은 아니다. 그는 17년 동안 서서히 파괴되어갔다. 나는 그것이 사무치게 아프다.

결단코, 인생은 고통이다. 내가 아는 한, 그는 고통이 어떻게 한 사람의 삶을 헤집어놓는지 진심으로 아는 몇 안 되는 사람이었다. 인생은 고통의 숲을 헤집고 걷는 아스라한 여정 같다. 누구나 그렇다. 마광수도, 나도, 당신도 그 달갑지 않은 그 길을 걸어야 한다. 누구도 피할 수는 없다.

17년 전, 그 끔찍한 일들을 겪고 그는 매일 신음하며 죽고 싶다고 말했다. 나는 그것을 고통스럽게 지켜보아야 했다. 사람들 앞에서, 특히 언론 앞에서 그는 용기 있게 싸워야 한다고 말했지만, 적어도 내게만은 이렇게 진심으로 털어놓곤 했다.

"민근아, 정말이지 죽고 싶다."

그 약속은 '17년 후' 지켜졌다. 그는 몸서리치며 17년을 견뎌냈다. 그를 지켜보며 나도 고통을 견디는 법을 익혀나갈 수밖에 없었다. 그는 인간이 견뎌야 하는 모든 고통을 감내하는 사람에 속했다. 그의 고통을 지켜보면서 나는 견딜힘을 조금 더 쉽게 얻었는지 모르겠다. 내 상처는 그의 고통만큼 아픈 것은 아니었기에. 역설적이게도 마광수란 존재는 나에게 이기지 못할 상처는 없다는 사실을 깨닫게 했다. 그래서 그는 내게 한없이 고마운 사

살아낸 시간이 살아갈 희망이다

람이다. 하지만 결국 그는 자신의 상처를 이기지 못하고, 생의 고통에 굴복하고 말았다.

데미안과의 첫 만남

1991년, 연세대 국문과에 입학하며 나는 마광수를 처음 만났다. 그의 첫인상은 악마 같았다. 헤세의 소설 《데미안》에서 주인공 '데미안'은 악마의 의미를 가졌다. 그 데미안이 내 눈앞에 나타난 것이다.

그의 수업은 파격 그 자체였다. 그는 내게 인간이 무조건 선하다 할 수 없으며, 모든 인간의 내면에는 거대한 욕망과 본능이 꿈틀거린다고 했다. 그의 목소리에는 어떤 힘이 있었다. 그것은 남이 들으라고 하는 거짓말이 아니었다.

"우린 태어나고 싶어서 태어난 게 아니죠. 우리는 다 어쩌다 태어난 거예요. 욕망의 산물이지요. 그것이 중요하죠. 인간은 본디 욕망하는 존재예요. 아무 이유 없이 태어났으니 인간의

살아낸 시간이 살아갈 희망이다

본질은 자유인 거죠. 자신의 자유를 제대로 누릴 수 있어야 인
간이에요. 욕망을 자유롭게 발산하는 삶을 추구하는 것이 맞
는 거예요."

'세상에, 데미안이 살아 있구나.' 나는 고막이 부서질 정도로
그의 말 한마디, 한마디를 경청했다. 그는 처음으로 나에게도 자
유의 권한이 있음을 알려주었다. 누구도 내게 너는 자유롭다고
말하지 않았다. 질서를 지키고, 부모를 섬기고, 나라에 충성하라
고만 했다. 나의 의식과 몸과 본능이 나 자신의 것임을 알려주질
않았다. 그는 남의 말 따위에 인생을 낭비하지 말라고 했다. 자
유롭게 자기 욕망에 충실하게 사는 것이 진짜 삶이라고 말했다.
그의 수업에서 나는 나를 묶어온 사슬들을 하나씩 끊어낼 수 있
었다.

그는 인간 내부에 선과 악이 공존한다는 것을 책이 아닌 현실
로 알려주었다. 십대 시절, 수음조차 숨죽이며 했던 나에게 에로
스와 에로티시즘을 대낮에, 그것도 많은 사람이 모인 강의실에
서 소리 높여 외치는 그가 경이로웠다. 그는 나의 빛나는 악마,
나의 유일한 데미안이었다.

그는 악이 나 자신일 수도 있다는 것을 가르치는 반도덕의 교
사였다. 니체의 현현이었다. 강의실에서 마광수는 "에로스는 인
간의 숙명"이라고 했다. 에로스를 배반하는 개인은 파멸할 것이

며, 인류 전체를 부패시킬 것이라고 했다. 그에 따르면 인간의 문명이 버틸 수 있었던 것은 기꺼이 자기 자신을 에로스에 내맡겼기 때문이었다.

독일의 한 작가가 했던 멋진 말이 있다.

"오르가슴은 인류의 존재를 보장한다."

진화론자 제프리 밀러는 인간이 유전자를 퍼뜨리기 위해 생존 기계가 된 것이 아니라, 연애 기계가 되었다고 말한다. 인간은 사랑의 인간이다. 의심하고 의심을 해봐도 '나' 또한 사랑의 존재임을 부인할 수 없다. 고로 우리는 마음껏 사랑을 하고, 섹스를 해야 한다. 밀러는 예술이나 코미디가, 문학과 스포츠가 모두 사랑하는 짝에게 잘 보이기 위해 (더 구체적으로 여성에게 짝 선택을 받기 위해) 남성이 필사적으로 고안해낸 것이라고 했다. 그렇다면 마광수는 밀러의 고찰에 가장 충실했던 남성이었을 것이다.

사실 나는 그의 성애론보다 그가 가르치는 도덕의 새 기준에 흠뻑 매료되었다. 그는 내가 공자나 교회, 윤리 교과서에서 배웠던 도덕과는 다른 초인의 도덕을 알려주었다. 그의 입에서는 니체의 언어가 쉼 없이 쏟아졌다. 니체는 자유의지를 '파국적 철학자들의 고안물'이라고 비판했다. 그는 자유의지 대신에 권력의지를 옹호했다. 권력의지는 원하지 않아야 하는 의지, 자아가 만

살아낸 시간이 살아갈 희망이다

들지 않는 의지라고 했다. 그래서 니체는 인간은 '나는 원한다'를 넘어서야 한다고 했다. 명령에 따르는 낙타를 넘어, 욕구하는 사자를 넘어, 아이와 같은 정신에 다다라야 한다는 것이다. '너는 해야 한다'는 억압에서 벗어나 창조의 유희 가운데 스스로를 긍정하는 아이의 정신을 닮아야 한다고 했다. 이처럼 유희하는 존재가 초인이라고 했다.

　니체가 말한 초인을 꼭 닮은 사람, 그가 나의 스승이 되었다.

은밀한 대화

1998년, 그는 오랜 유배 생활을 끝내고 드디어 연세대에 복직했다. 1991년 출간한 소설 《즐거운 사라》의 외설 시비로 그는 1992년 1심에서 유죄판결을 받은 후, 1995년 3심에서 유죄가 확정되면서 연세대에서도 해직되었다. 그리고 1998년, 사면복권이 되어 다시 학교에 돌아올 수 있었다. 비로소 우리는 마음을 놓고 학교생활에 전념할 수 있었다.

나는 마광수의 교수실을 마음대로 드나드는 유일한 제자였다. 국문과에서 내게만 교수실 열쇠가 있었다. 내가 교수실 열쇠를 처음 받은 건, 복직하기 두 해 전인 1996년경이었다. 가장 가까운 사람들도 그의 교수실에서 한 시간 이상 앉아 있는 일은 흔치 않았는데, 나에게는 그의 연구실이 가장 편한 공간이었다.

1998년 가을, 나도 대학원에 막 입학해서 다시 안정적인 일상

살아낸 시간이 살아갈 희망이다

을 회복해가고 있었다. 그 시절, 우리 둘은 편안하게 교정을 거닐며 대화를 나눌 때가 많았다. 대화는 사랑과 성을 넘어서 아름다움과 문학, 세상에 관한 거의 모든 것들이 주제였다. 문학이 인간을 아름답게 만들고 사랑과 성으로 인생을 향유할 수 있다는 믿음이 우리의 공통된 생각이었다. 소크라테스와 플라톤의 그것처럼 꼬리에 꼬리를 무는 우리의 대화는 다채롭고 풍성했다.

점차 마광수의 교수실이 내 연구실이 되어갔다. 나는 국문과 연구실보다 더 오래 그의 옆에 앉아 있는 날이 많았다. 그는 나와의 대화가 무척 즐겁다고 자주 말했다. 혼자 있는 것보다 옆에 내가 있어서 좋다고도 했다. 그는 외로움을 싫어했다. 《즐거운 사라》가 남긴 트라우마 탓인지, 그는 혼자 있는 시간을 잘 견디지 못하는 사람이 되어 있었다.

그와의 대화는 나에게 더없이 좋은 정신의 양분이었다. 20년 이상 문학을 더 공부한 선배이자 스승으로서 그에게 받는 가르침이 많았다. 아니 그는 내가 알고 싶은 것들을 제대로 가르쳐줄 수 있는 유일한 스승이었다. 그는 주로 내가 관심을 가진 프로이트나 융의 정신분석학에 대해서, 또 동서고금의 문학과 사상에 대해서 친절하게 설명해주었다. 붓다, 니체, 예수, 공자, 그리스 철학을 그처럼 깊이 있게 설명해줄 만한 사람은 없었다. 그를 만나고 돌아가서 나는 그가 말한 작가들과 책을 다시 읽어보곤 했다. 그는 내게 정말 좋은 과외선생님이었다.

일주일에 두세 번, 꼬박꼬박 그런 '개인교습'이 이어졌다. 영광스럽게도 나는 그의 수제자가 되어 있었다. 이혼 하고 자식이 없었던 그는 어쩌면 나를 후배나 제자가 아니라 아들처럼 여겼는지도 모른다. 사정을 모르는 사람들은 마광수의 교수실을 번질나게 드나드는 나에게 호기심어린 질문을 던질 때가 많았다. 같은 과 학생이나 대학원생들도 그렇게 묻기는 마찬가지였다.

"둘이 주로 야한 이야기를 나누는 건가?"

전혀! 그와의 대화는 사람들의 생각과는 달리 문학과 철학, 심리학에 대한 깊이 있는 교감과 나눔이었다. 내게는 상상하기 힘들 정도로 유익한 성장 체험이었다.

그는 내가 지금까지 만난 사람 가운데 책을 가장 꼼꼼히 읽는 사람이었다. 그는 어떤 책의 결론도 선선히 받아들이지 않았다. 심지어 성경이나 논어, 도덕경조차도 그에게는 돌다리도 두들겨 보고 읽어야 할 책들이었다. 그의 특이한 사상은 그렇게 반항하는 정신에서 빚어진 것이었다. 늘 한 책에 쉽게 매혹되고, 책을 신봉해왔던 나에게 그의 독서는 그 자체로 배움의 대상이었다.

덕분에 나는 불과 얼마 전에 읽었던 책을 다시 읽어야 할 때도 많았다. 도덕경도, 노자도, 니체도, 심지어 마르크스도 다시 읽어야 했다. 하루는 마크르스의 《공산당 선언》으로 긴 대화를 나누기도 했다. 지금 내 기억력이 형편없어서 그날의 대화를 모두 기억하지 못하지만, 아직도 또렷한 그와의 대화 장면들이 있다.

"선생님은 어째서 삼국지가 재미없으셨나요?"
"쓰팔, 중요한 게 많이 빠진 소설이잖아."

'쓰팔'은 나를 향한 게 아니라 삼국지를 향한 것이었다. 그는 삼국지를 우리말로 옮긴 한 소설가를 무척 싫어했다. 벌레보다 싫다고 했다.

"그래도 인간의 욕망과 의지가 무척 잘 드러난 작품이라고 생각하는데요."
"그렇게 생각할 수 있지. 하지만 삼국지에는 사랑도 없고 성도 없어. 사람들 사이의 복잡 미묘한 감정들도 느낄 수 없거든. 현대적 관점에서 결핍이 많은 소설이지. 현대적인 소설은 아냐. 사랑도, 성도, 실존도, 죽음도 제대로 다루지 못하고 있어. 옛날 소설이라는 말씀이야. 그래서 내 취향은 아니야. 그 책을 좋아하는 사람들의 특유의 심리가 있지."

그는 삼국지를 좋아하는 사람의 심리에 대해 상세하게 설명했다. 선명히 기억나지는 않지만, 권력욕망이 강한 사람이거나 대리만족으로 얻고자 하는 심리라고 했던 것 같다.

우리의 대화는 오전에 시작해서 저녁까지 이어질 때가 많았다. 중간 중간 손님들이 들어오고 나가도, 나는 계속 내 지정석에 앉아 있곤 했다. 어쩌다 늦게 끝나는 날이면 그가 저녁밥을 사주며 우리의 이야기를 이어갈 때도 많았다.

"선생님은 왜 에로티시즘에 몰두하시나요?"

"내가 좋아하고 잘하는 거니까."

"사람들이, 같은 문인들이 너무 공격하잖아요?"

"남들 신경 쓰며 문학이나 예술을 하는 건 어리석어. 어쭙잖게 남 따라 하는 것보다는 자기가 잘하는 것, 아니 좋아하는 걸 하는 게 맞지. 나만큼 에로티시즘을 잘 알고, 잘 묘사하는 사람이 없으니까."

"선생님, 다른 것도 아시는 게 많잖아요. 조금 현학적으로 남들이 우습게 생각하지 않게 잘난 척하며 글을 쓰시는 건 어떤가요?"

"그런 위선 따위 싫어. 문학하는 인간들 중에 그런 위선자들이 많지. 뒤로는 온갖 음험한 짓거리를 하면서 선비인 척, 고상한 척 하는 문학가들 말이지."

"그래야 생존할 수 있으니까 그런 것 아니겠어요?"

"나는 거짓말 하는 거 싫어. 문학은 어떤 면에서 적나라한 순수

살아낸 시간이 살아갈 희망이다

성이 필요한 것이야. 그렇지 않으면 문학은 살아남지 못해."

그는 에로티시즘 문학에 대해 남다른 철학이 있었다. 그의 말처럼 그는 그걸 잘 아니까 열심히 하는 거라고 했다. 나는 그것을 이미 잘 알고 있었다. 하지만 선생의 본심을 다시 한 번 확인하려고 일부러 질문을 던져보곤 했다. 그런 질문들에도 그는 진지하게 대답해주곤 했다. 때로는 열렬하게 자신의 입장과 생각을 펼쳤다. 그럴 때마다 꼬리를 잇는 질문과 대화에 몇 시간이 훌쩍 지날 때도 많았다. 한번은 글은 무조건 쉽게 써야 한다는 그에게 도전적인 질문을 던진 적이 있다.

"선생님, 왜 글을 쉽게 써야 한다는 건가요?"
"쉬워야 통하지."
"하지만 중요한 건 자신의 생각을 그대로 표현하는 게 아닌가요?"
"좋은 작가가 되려면 읽는 사람을 생각할 줄 알아야 해."
"어려운 글을 찾는 사람이나 어려운 글을 좋아하는 독자도 있잖아요."
"그런 건 엘리트의식 같은 거야. 글이 어려워 글 읽기를 포기하는 사람이 얼마나 많은데. 우리나라 작가들 괜히 어렵게 쓰는 사람도 많아. 자기 것도 아닌데 괜히 배배꼬아서 어렵게 쓰지. 그러면 무슨 대단한 작가인 줄 착각들 하지. 그런 거 쓰는 작가나 그런 거 대단하다고 칭찬하는 비평가들이나 자기들끼리 짝짜꿍 하는 거야. 그러니까 뭔가 알고 싶어하는 독자들은 소외되는 거지."

"심오한 내용이라서 어려울 수도 있잖아요."

"그런 건 쉽게 표가 나. 잘 아는 거라서 어려운 것과 일부러 현학적으로 표현한 것은 구별하기 쉽지. 물론 대중들은 둘 다 어려워 읽기 싫은 거고."

"선생님은 아직도 글쓰기가 많이 힘드세요?"

"그림 그리는 거에 비하면 '졸라' 힘들지. 죽을 만치 힘들어. 너도 알잖아. 내가 문학을 다듬는 데 얼마나 심혈을 기울이는지."

그는 '졸라'라는 표현을 즐겨 썼다. 심지어 강의 시간에도 이 말은 자주 나왔다. 그것을 거북해하는 사람도 있었다. 교수가 체통도 없이 함부로 말한다는 것이다. 요즘에는 영어의 'fucking'이 '지독한'을 뜻하는 것처럼 '존나'가 '매우'라는 뜻으로 상용되지만, 당시에는 특별한 일이었다. 내게는 '씹새끼'나 '존나'가 입에 짝짝 붙을 수밖에 없는 심리학적, 생물학적 이유를 설명한 적이 있었다. 자신이 그런 표현을 쓰는 게 스스로 권위를 부정하는 것이라고도 했다.

살아낸 시간이 살아갈 희망이다

"선생님이 쓰신 원고지 보고서 알겠더라고요. 지난번 논문을 컴퓨터로 옮겨드리면서 퇴고할 때 얼마나 애쓰시는지 알겠더라고요."

"하지만 다 써서 인쇄되어 나올 때 큰 희열을 맛보지. 그래서 죽으라고 쓰는 거야. 윤동주가 가르쳐준 게 그거야. 그이도 지독할 정도로 원고를 다듬었거든. 윤동주도 읽는 이가 좀 더 쉽게 자신의 글을 이해할 수 있도록 병적으로 집착했지. 작가가 되겠다고 생각한다면 그 점만은 꼭 배워야 해."

학교 사람들은 내가 그와 이런 대화를 나누는지 꿈에도 모르는 것 같았다. 항상 무슨 음탕한 이야기나 나누고 있는 줄 착각하고 있었다. 남이야 알 바 아니었다. 나는 그와의 만남이 좋았고, 소중했다. 나는 그와의 대화에 깊이 빠져 있었다. 때로는 가늠하기 힘든 행복감마저 느꼈다.

윤동주는 진짜 시인

열일곱 살, 나는 가늠 수 없는 절망에 추락하고 있었다. 화가의 꿈을 포기하고 나서였다. 나를 절망 아닌 희망으로 다시 인도한 것은 문학이었다.

아직도 부산 국제시장을 지나 보수동에 들어서면 헌책들이 탑을 이룬 헌책방거리가 나온다. 중고등학교 시절, 나는 이곳을 내 집처럼 드나들었다. 몹시도 아팠던 중3 겨울, 슬픔이 밀려들어 마음 둘 곳이 없으면, 흐르는 눈물을 훔치며 영도다리를 건너 헌책방 거리를 찾았다. 책만이 나를 치료할 수 있었기 때문이다.

헌책방 거리에 쌓인 삼중당 문고는 한 권 한 권이 눈부셨다. 300원, 500원으로 한 권을 살 수 있어서 나는 매번 보석을 캐러 가는 느낌이 들었다. 그렇게 윤동주의 시집, 한용운의 시집, 헤밍웨이, 모파상, 톨스토이의 소설들을 읽으며 기운을 되찾았다.

살아낸 시간이 살아갈 희망이다

헤밍웨이의 《누구를 위하여 종은 울리나》는 1초도 쉬지 않고 읽어냈다. 소설을 든 순간부터 잠도 자지 않고, 밥도 먹지 않았다. 손에서 그것을 내려놓지 않았다. 수업시간에도 숨어서 그것을 읽으며 헤밍웨이가 웅변하는 '선택'의 중대성에 집중할 수밖에 없었다. 헤밍웨이 덕분에 나는 지옥에서 한 계단씩 걸어 나올 수 있었다. 책으로 죽은 마음이 살아나면서 내 낡은 책꽂이에는 한 권씩 삼중당 문고가 늘어갔다.

열일곱 살, 그 끔찍했던 우울증을 낫게 해준 치료사가 있다. 바로 시인 윤동주였다. 그는 생의 고통을 가르쳐주었고, 운명을 마주하는 자세를 알려주었다. 그는 어느새 내게 현실적 희망이 되어 있었다. 그 무렵 연세대 국문과에 입학해야겠다는 결심이 선 것도 그와 그의 시 덕분이었다. 그 시절, 나는 윤동주의 시를 손에서 뗄 수 없어 끌어안고 자는 날이 많았다.

살구나무 그늘로 얼굴을 가리고, 병원 뒤뜰에 누워, 젊은 여자가 흰 옷 아래로 하얀 다리를 드러내놓고 일광욕을 한다. 한나절이 기울도록 가슴을 앓는다는 이 여자를 찾아오는 이, 나비 한 마리도 없다. 슬프지도 않은 살구나무 가지에는 바람조차 없다.

나도 모를 아픔을 오래 참다 처음으로 이곳에 찾아왔다. 그러나 나의 늙은 의사는 젊은이의 병을 모른다. 나한테는 병이 없다고 한다. 이 지나친 시련, 이 지나친 피로, 나는 성내서는 안 된다.

여자는 자리에서 일어나 옷깃을 여미고 화단에서 금잔화 한 포기를 따 가슴에 꽂고 병실 안으로 사라진다. 나는 그 여자의 건강이 아니 내 건강도 속히 회복되기를 바라며 그가 누웠던 자리에 누워본다.

— 윤동주, 〈병원〉

윤동주 같은 사람이 되고 싶었다. 윤동주는 내게 미친 듯 시를 쓰게 하는 사람이었다. 그의 시에 최면이 걸려서 나는 쉬지 않고 시를 썼다. 고등학교 시절, 나는 연세대 국문과로 끌려가는 수인과도 같았다. 힘겨웠던 수학 노역을 견딘 것도 연세대행 기차에 올라타야 했기 때문이었다. 그런데, 나를 연세대 국문과로 끌어당긴 자기장은 윤동주만이 아니었다. 그것은 마광수였다. 어머니가 매달 챙겨보던 〈여원(女苑)〉에 마광수의 칼럼이 실린 적이 있었다. 그의 모습은 내가 닮고 싶은 모습 그대로였다. 심지어 그의 외모조차 내가 닮고 싶은 것이었다.

'어떻게 이 사람은 시인 이상의 모습을 그대로 닮았을까?'

잡지에 실린 그의 사진은 이상을 꼭 **빼닮아** 보였다. 나는 자유분방한 그의 글에 푹 **빠졌다.** 많은 시간을 서점을 기웃거리며 스토커처럼 그의 글들을 훔쳐 읽었다. 그리고 어느 날, 어머니가 아는 분에게 빌려온 《나는 야한 여자가 좋다》를 몰래 읽었다. 한 줄 한 줄 숨죽여 읽어가면서 그에 대한 호기심은 더 강렬해졌다. 언제부턴가 그의 수업이 몹시 듣고 싶어졌다. 책에서 이해할 수 없는 이야기를 직접 듣고 싶었다. 떳떳하게 연세대 국문과 학생으로서 그의 수업을 수강하겠다는 욕망이 굴뚝처럼 커져갔다. 나는 강의실에 앉아 그의 수업을 듣는 것을 자주 상상했다. 그것이 나의 고3, 재수 시절을 견디게 한 힘이었다.

마침내 나의 꿈은 이루어졌다. 연세대 국문과에 입학한 것이었다. 나는 내가 들을 수 있는 마광수 교수의 수업은 죄다 찾아들었다. 그것은 대학원 석사 시절까지 이어졌다. 그가 강의하는 교양과목 〈연극의 이해〉 수업의 조교를 3학기 넘게 맡기도 했다.

마광수도 나처럼 윤동주를 좋아했다. 그는 국내 최초로 윤동주에 관한 연구로 박사논문을 썼다. 그 전까지 거의 문학적으로 규명된 바 없었던 윤동주의 실체를 세상 밖으로 이끌어낸 장본인이 바로 마광수다. 우리가 아는 '부끄러움의 미학'이라는 윤동주의 시세계에 대한 해명도 그가 처음으로 시도한 것이다. 나는 그에게 윤동주에 관한 이야기를 수도 없이 들었다. 아마도 몇 백 시간은 될 것이다. 그 이야기 가운데는 자신의 박사논문이나 윤동주 연구서에 언급되지 않은 내용도 많았다.

대부분의 사람들은 바보 같은 선택들로 인생을 허탕 치다가 끝내 죽지만, 영민했던 윤동주는 인생을 제대로 살다가 떠났다고 평가했다. 한국인 중에서 윤동주만큼 멋지고 아름다운 이름을 남기고 떠난 사람은 없다고 했다. 마광수는 정말로 윤동주를 부러워했다.

마광수는 윤동주의 시들을 '역설적 의도(paradoxical intention)'라는 말로 풀어낸 바 있다. 이것은 윤동주가 보여준 '자기희생을 통한 현실극복'의 신념을 설명하는 말이기도 하다. 이는 원래 심리치료의 한 방법인데, 내담자가 염려하는 일을 의도적으로 계속하게 하여 그 문제를 정면으로 풀어가는 치유의 방법이다. 마광수는 그의 시세계를 채우는 지혜와 세계 인식이 "고통스러울 때는 고통을 긍정하고, 당당히 맞서 싸워나가야만 고통이 없어지는 것"이라는 믿음에서 나왔다고 했다. 그는 내게도 여러 번 말했다.

"괴로울 때는 더 괴로울 때까지 힘껏 달려봐. 그러면 풀릴 때도 있는 법이야."

물론 풀리지 않았을 때도 있었을 것이다. 어쩌면 마광수의 삶도 그랬을 것이다. 윤동주 역시 빛나는 시를 남겼지만, 때 이른 죽음에 이를 수밖에 없었다.

마광수는 윤동주가 신에게서 한 발자국도 벗어나지 못한 사람이라고 했다. 마광수에게 그 말은 좋은 것도 나쁜 것도 아닌 중

립적인 것이었다. 깊은 신앙심은 자신을 신과 합일하게 만든다. 윤동주는 죽는 날까지 하나님을 신실하게 섬긴 사람이었다.

예수 그리스도가 십자가를 맨 것은 자신의 죄를 인정했기 때문이 아니다. 그것은 대속(代贖, redemption)이라는 말로 설명해야 한다. 남들의 죄를 자신이 대신 갚는다는 뜻이다. 예수는 우리의 죄를 사하기 위해 대신 십자가를 졌다. 그에게 죄가 있어서가 아니라 우리의 죄 때문에 십자가에 못 박힌 것이었다.

윤동주의 시가 가진 심성은 그 대속의 전이물이기도 하다. 실로 시인다운 자질이라 할 수 있다. 시인은 우주의 아픔을 느끼고, 작은 미물의 상처에 스민 고통을 통감해야 한다. 또한 윤동주에게 시는 우주, 신을 표현하는 일이었다. 그러니 더할 나위 없이 신성한 행위였던 것이다. 그런 그에게 시가 쉽게 쓰여지는 것은 '부끄러운' 일이었다. 그래서 그의 시어 하나하나는 그대로 이 우주의 부분들이었고, 그의 내면 역시 우주의 움직임을 그대로 따랐다.

윤동주의 시를 읽으면 마음이 평온해진다. 그것은 그의 시가 우주의 섭리, 신의 섭리를 그대로 담고 있기 때문이다. 우리가 사는 이 세계를 아무 가식 없이 시어로 빚어내기 때문이다. 시인은 운명을 사랑하고 만물을 지극히 아끼는 사람이어야만 한다. 진정한 시인은 대개 박애주의자다.

별을 노래하는 마음으로

모든 죽어가는 것들을 사랑해야지

— 윤동주, 〈서시(序詩)〉 중

　윤동주가 자신의 시집 ≪하늘과 바람과 별과 시≫ 앞에 이 구
절을 적은 것은 신을 사랑하는 마음에서 우러나온, 타인의 고통
을 함께 느끼기 위한 결의에 찬 신앙 때문이다.

　마광수는 늘 말했다. "세상에 가짜가 많고, 자신은 진짜가 되
고 싶다"고. 그런데 윤동주는 "진짜에 가까운 시인"이라고.

섹스보다 낭만적 연애

마광수의 흠은 치명적인 솔직함이었다. 그는 가식적인 말을 싫어했다. 잘못된 것이 있으면 "잘못되었다." 잘 한 일이 있다면 "참 좋다"며 곧이곧대로 말했다. 나는 그런 솔직함이 부러웠다. 자신에게 힘이나 권위가 있어서 그런 것은 아니었다. 오히려 약한 자들의 허물에는 관대했다. 내가 미숙한 자작시를 보이면 "나름 괜찮은데"라고 토닥여주기도 했다. 그의 솔직함이 향하는 대상은 뒤가 구리고 힘을 가진 자들이었다.

특히 인간관계에서 더할 나위 없이 솔직했다. 싫은 사람에게는 싫은 티를 팍팍 냈다. "저 사람 권위적이어서 보기 싫어." "뒤가 구려서 난 싫어"라는 말을 자주 했다. 실제로 그들이 다가와도 한 치도 마음을 열지 않았다. 그는 강준만 교수가 만든 '패거리 문화'라는 말을 그들을 가리키며 쓰곤 했다.

싫다고 피할 수 없는 것이 인간관계인데, 그는 사람을 심하다 싶을 정도로 가려 만났다. 처음에는 명문대 교수 정도 되니 그런 게 아닐까 하는 생각도 했지만, 자신은 어릴 적부터 싫은 사람과는 절대 가까이 못하는 성미라고 했다. 그게 표정에 너무 티가 난다는 것이었다. 남다른 직관력 덕에 그는 단박에 사람의 성품을 꿰뚫었다. 두고 보면 그것은 거의 들어맞았다. 나쁜 사람이라고 지목한 사람은 정말 나빴다.

《즐거운 사라》 필화 사건을 겪은 후 그런 태도는 더 완고해졌다. 뭔가 냄새가 나는 사람을 철저히 멀리했다. 음험한 교수들 무리와 잘 어울리지 못한 것도 그 때문이었다. 어쩌다 교수 무리들과 어울리려면 룸살롱 같은 데도 가야 하는데, 참으로 난감하다고 했다. 내게 그런 데를 가본 적이 있냐고 물은 적도 있다. 그는 사랑하지도 않는 여자의 몸을 만지는 것은 있을 수 없다고 생각했다. 자신을 섹시한 로맨티스트, 낭만적인 에로티시즘이라고 불렀던 것도 그런 가치관에서 나왔다.

그는 남녀의 성관계를 거리낌 없이 옹호했지만, 연인이 아닌 남녀의 성관계는 불편하다 생각했다. '원나잇'이나 '엔조이'는 자신의 기호는 아니라고 했다. 그건 야수 같고 폭력적인 남성들이나 좋아하는 거라고 했다. 그에게 성희롱, 성폭행, 강간은 벌어져서는 안 될 일이었다. 매춘도 반대는 하지 않았지만, 그런 맥락에서 이상적인 것은 아니었다.

살아낸 시간이 살아갈 희망이다

그가 평생 가장 바랐던 것은 낭만적인 연애였다. 진정으로 원했던 것은 섹스가 아니라 연애였다. 언젠가 연애라곤 한 번도 해본 적 없던 내게 그가 연애 코치 비슷한 걸 해준 적이 있다. 그는 남녀 사이에 중요한 것은 '눈치'라고 했다. 서로 대화하며 상대의 마음을 잘 엿볼 줄 알아야 한다고. 더 진한 감정으로 이어질 수 있도록 로맨틱한 일들을 자주 연출해야 한다고 조언했다. 가짜가 아닌 진심으로 하라고 했다. 내가 그런 걸 정말 못한다고 하니, 그러면 평생 짝사랑이나 해야 한다고 걱정했다.

그는 '젠틀'하다는 말을 즐겨 썼다. 그는 사람을 평가하는 기준으로 '젠틀'함을 꼽았다. 한국사회에서 나이 든 남자들의 문제점이 '젠틀'함이 부족한 것이라고 했다. 술자리에서 그는 어린 여자 후배, 제자에게라도 강제로 술을 권한 적이 없다. 연대생이라면 자기 술은 자기가 따라 알아서 마셔야 한다고 했다. 여자에게 마구잡이로 술을 권하는 남자 선배들을 보다가 그런 모습을 만나니, 나에게는 아직도 깊은 인상으로 남아 있다.

그는 사람들의 생각과는 달라도 많이 달랐던 사람이다. 필화 사건을 겪은 뒤, 그의 모습을 가장 닮은 작품으로 〈사랑받지 못하여〉라는 시(詩)가 있다. 사람들에게 이 작품이 마광수의 것이라고 하면 놀랄 때가 많다. 타고나기를 사슴처럼 여린 기질이었지만, 상처를 입고 잡목 같이 살았던 사람. 그의 심성을 꼭 닮은 시가 바로 〈사랑받지 못하여〉다.

님이여, 저는 아주 키가 작은 나무이고 싶어요

우리들은 다 외로움의 대지에

뿌리를 깊이 내린 나무들입니다

나무들은 모두 고독으로부터 벗어나려고

몸부림치고 있어요

그래서 대지와는 정반대 방향인 하늘만을

바라보고 있지요

크고 작은 바람들은 함께 알아요

모두들 외로움에 깊게 지쳐 있기 때문에

나무들은 서로가 서로를 바라보고 싶어 합니다

하지만 키가 큰 나무들은 그 큰 키만큼

고적하고 외롭습니다

하늘만을 바라볼 수 있을 뿐

서로가 마주 보며 사랑을 나눌 수 있는

나무가 적으니까요

님이여, 그래서 저는 아주 작은 한낱 잡목이고 싶어요

키 큰 나무는 되고 싶지 않아요

비록 아무 의미도 없이 쓰러져 땅속에 묻혀 버린다 해도

저는 그저 외롭지 않게 한 세상을 살면서

꿈꾸듯 서로 바라보며

따사롭게 위안 받을 수 있는

살아낸 시간이 살아갈 희망이다

그런 많은 이웃들을 가지고 싶습니다

— 마광수, 〈사랑받지 못하여〉

내가 아는 한 1996년 이후 그는 단 한 번도 연애를 하지 못했다. 금욕할 수 없는 사람이 금욕의 삶을 산 것이다. 아니 사랑하지 않을 수 없는 사람이 사랑하지 못하고 지낸 것이다. 차마 물어보지는 않았으나 내가 아는 마광수라면, 그는 섹스도 하지 못했을 것이다. 대신 그는 문학으로 자신의 욕구를 솔직하게 대리배설했다. 내게는 그것으로 족하다고 한 적도 있다. 그것은, 피할 수 없이 매일 꿈틀거리며 솟아오르는 에로스의 짐승을 가장 아름답게 길들이는 방법이었다. 다른 남자들도 자기처럼 살면 세상이 참으로 평화로울 것이라고 했다. 가끔 힘없는 여성을 유린한 남자들의 뉴스를 접할 때면 꼭 이렇게 한마디 했다.

"쓰발, 미친 놈, 혼자 자위나 할 것이지."

이해받지 못한 자

그는 나에게 친구 같은 스승이었다. 그처럼 권위의식이 없는 사람을 지금껏 만나지 못했다. 그는 아우라 넘치는 사람이었지만, 무게 잡는 법이 없었다. 나도 한때 그를 심각하게 의심한 적이 있다. 대학 신입생일 때 그의 강의를 처음 듣고 받은 충격 때문이었다. 《나는 야한 여자가 좋다》를 몇 번이나 읽으며 잘 알고 있었지만 직접 대면은 강도가 어마어마했다. 그때 아주 잠깐 그의 유명세가 헛것이 아닐까 하는 의심을 했다. 어릴 적부터 세뇌된 도덕률 탓이었다. 하지만 그런 생각은 그가 박사논문을 위해 쓴 《상징시학》을 읽은 후, 곧 사라졌다.

그는 어떤 종류의 무지와 싸우고 있는 것 같았다. 사람들이 몰라서 그런 거라며 그는 항상 답답해했다. 그러나 그는 계몽주의자는 아니었다. 누군가를 자기 아래 앉혀놓고 근엄하게 가르치

　　　　　　　　살아낸 시간이 살아갈 희망이다

는 일 같은 건 체질적으로 맞지 않았다. 그는 평등한 입장에서 상대가 모르는 진실을 알려주고 싶어했다. 그는 교수보다는 잘나가는 강사가 되고 싶어했다. 어디선가 초청 강연을 제안 받으면 무척이나 반기며 즐거워했다.

진정, 그는 한국인들이 성(性)의 즐거움을 누리기를 바랐다. 인생의 중요한 차원이자 기쁨인 성에 대해 이해하기를 바랐다. 마광수식의 쉬운 문체(style)도 그렇게 탄생했다. 자기 뜻을 잘 전하기 위해 쉬운 글이어야 했다. 나는 그가 자신의 문체를 만들기 위해 얼마나 심혈을 기울였는지 옆에서 지켜보았다.

쉬운 글을 쓰는 일은 무척이나 공이 드는 일이었다. 그의 원고지를 볼 때마다 그 고심을 느낄 수 있었다. 나는 그의 원고를 컴퓨터 문서로 옮겨준 적이 많았다. 마광수의 원고지에는 고쳐 쓴 흔적이 빽빽했다. 원고지로는 더 이상 가필할 수 없어서 워드로 옮겨 출력해서 다시 고쳐 써야 하는 일이 흔했다. 고치고 또 고치면서 그만의 문체가 만들어졌다. 마광수는 자신에게, 타인에게, 그리고 예술과 문학에 성실했던 사람이었다.

하지만 그는 죽는 순간까지 제대로 이해받지 못한 지식인이었다. 매번 그의 글은 사람들의 지독한 무지 탓에 오해를 불러일으켰다. 그는 예술을 조금도 모르는 도덕론자들이나 무지한 법률가들이 문학을 재단하는 것에 경기를 일으킬 정도로 분노했다. 어쩌면 그 무시무시한 오해와 편견을 벗어나려면, 그는 입을 닫고 펜을 놓는 편이 나았을 것이다. 하지만 그는 그러지 않았다. 아니 싫어했다. 그는 항거하고자 했다. 어쩌면 죽은 윤동주처럼 고통의 극한까지 달려가려고 했던 것인지도 모른다. 내게는 입을 닫고 사는 것이 더 숨 막히는 일이라고 했다. 그가 좋아했던 빌헬름 라이히는 그에게 가해진 무지의 폭력을 명쾌하게 보여준다.

"어린이의 자연스러운 성에 대한 도덕적인 억압은 어린이를 불안하게 하고 수줍음 타게 만들며 권위를 두려워하고 복종하도록, 권위주의적인 의미에서 '말 잘 듣고' '길들이기 쉽도록' 만든다. 생동적이고 자유로운 모든 충동이 심한 두려움에 의해 점령되고, 성적인 것에 대한 생각의 금지가 일반적인 사고를 억압하고 비판까지도 무능하게 만들기 때문에 인간의 반항하는 능력은 마비되어 버린다."

— 빌헬름 라이히, 《파시즘의 대중심리》

마광수는 1990년대까지 한국사회에 봉건적 성 억압이 강력하게 존재하고, 그것을 퍼뜨리고 재생산하는 이데올로기 수호자들이 득세하고 있음을 모르지 않았다. 그것을 알기에 그는 글의 힘으로 그것을 거부하고자 했다. 그것만이 그의 무기였으니까. 하지만 순진한 그는 미처 몰랐을 것이다. 말이 통하지 않는다고 느꼈을 때, 주먹질을 하고 수갑을 채울 만큼, 그리고 해괴한 재판

살아낸 시간이 살아갈 희망이다

을 벌일 만큼 상대가 폭압적일 수 있다는 사실을.

물론 어떤 사람들은 그가 단지 당시 집권자들이 정치위기를 모면하기 위해 벌인 쇼의 희생양이었을 거라고 추정한다. 그것이 일부 사실일지 몰라도, 더 근원적인 실체는 마광수와 봉건주의자들의 대립이었다. 자유주의자와 파시스트의 충돌이었다. 그는 그것이 아직은 계란으로 바위치기인 것을 미처 몰랐다. 아직 그의 등장은 시기상조였던 것이다. 2012년, 7년 만에 내가 그를 다시 만났을 때, 그는 탄식했다. 그 역시 인터넷을 자주 접하면서 사람들의 거대한 성의식 변화를 체감하고 있었다.

"젊은이들이 이렇게 빨리 개방될 줄 몰랐어, 정말. 요즘 젊은이들은 만난 지 며칠 만에 섹스 한다더라고. 이젠 내 얘기가 숫제 생뚱맞은 게 돼버렸어. 나를 까는 사람들보다 내 이야기가 별로 재미없다고 콧방귀 치는 젊은이들 반응이 더 속상해. 난 이제 차가운 감자야."

문명에는 무지가 증식시키는 야만이 깃들기 마련이다. 그의 인생 후반은, 어쩔 수 없이 그 야만과 싸우는 것이어야 했다. 처음 그를 만났을 때부터 그는 내게 마르쿠제의 생각을 빌어 성적으로 억압된 사회는 건강하지 못한 것들을 끊임없이 양산한다고 설명했다. 매춘산업, 강간, 성폭력이 그런 것들이라고 했다.

그가 자주 든 예가 있다. 고시공부를 하느라 청춘을 저당 잡히며 성 억압에 시달렸던 법률 종사자 중에는 밤마다 조강지처를 두고 룸살롱에서 술판을 벌이거나, 그도 모자라 죄 없는 여성을 성적으로 유린하는 사람들이 많다는 것이다.

마르쿠제는 본능적 에로스야말로 자유와 해방을 지향하는 욕구의 원천이자 삶의 총체적 본능이라고 생각했다. 마광수 역시 여기에 전적으로 동조했다. 자유로운 사랑과 성이 위축된 세상은 혐오와 폭력만이 번성할 것이라는 그의 생각은 지금 한국사회에서 벌어지는 폭력적인 일들을 여실히 증명한다.

철학자 로버트 노직은 성을 경험하는 것이 인간이 체험해야 할 중대사라고 했다. 그것만이 진실한 인간이 되는 진짜 체험이라는 것이다. 그는 스마트폰에 묻혀 사는 현대인을 예견이라도 하듯 이런 질문을 던진 적이 있다. "만약 '경험 기계'라는 것이 있어서 모든 감각과 생각을 실제처럼 느끼게 해준다면 당신은 외부와 차단된 채 평생 혼자서 그 기계 속에서 살아갈 것인가?" 우리는 누구나 영화 〈매트릭스〉 속 인간 건전지처럼 살기 싫을 것이다. 하지만 스마트폰을 쥔 현대인들은 점점 비참한 건전지가 되어가고 있다.

노직의 섹스 예찬은 심오하다. "섹스를 할 때 우리는 감정의 전 범위를 탐구하면서 상대와 나 자신을 깊이 알게 되고, 상대방과 결합하거나 융합하고 싶은 충동에 따르고, 자신을 초월한 신체적 기쁨을 발견하면서 하나로 결합한 두 사람을 알게 된다"고 말한다. 섹스야말로 진정 인간을 깨어나게 하는 총체적 체험인 것이다.

마광수는 에로스의 자유로운 문학적 표현에 인생을 바쳤다. 그와 가까워지기 시작한 20대 중반, 마광수는 아직 마르쿠제의 책《에로스와 문명》을 읽지 않은 나를 답답하다 여기며, 그답지 않게 책을 읽으라고 충고했다. 물론 그 숙제조차도 그는 "꼭 읽어 와"라고 하지 않았고 항상 "꼭 읽어 봐"라고 했다. 그는 시인이라서 어감의 차이를 잘 아는 사람이었다. 상대에게 던질 말을 고르는 민감한 사람이었다. 사람들 보기에 징그럽도록 적나라한 그의 강의조차 긴 고민에서 나온 것일 때가 많았다. 그는 내가 만난 많은 교수들 가운데 가장 사려 깊은 사람이었다. 가장 '젠틀'한 교수였다.

나는 아직도 함께 연세대 백양로를 걷다가 인사를 해오는 사람에게 깍듯하게 목례를 건네는 그의 모습을 잊을 수가 없다. 이상하게도 요즘 나는 그 장면을 떠올리면 눈물이 난다.

젊었을 때 마음껏 누려

마광수는 억압된 것의 해방에 관심이 많았다. 그 실천으로 그가 집요하게 천착했던 것이 바로 카타르시스(catharsis) 이론이다. 그리스 철학자 아리스토텔레스는 문학이 정신을 치유한다고 생각했다. 그는 《시학》에서 잘 빚은 문학작품은 사람의 억눌린 감정을 카타르시스한다고 적고 있다. 정확하게는 "비극은 어떤 행위를 모방한 것으로 애련과 공포에 의하여 이런 정서 특유의 카타르시스를 행한다"라고 말한다.

카타르시스는 묵은 감정을 씻어 내린다는 정화(淨化, 불순물을 깨끗하게 제거한다는 의미), 혹은 감정의 배설, 나아가서는 감정을 조율하는 사고의 조정까지 포함한다. 마광수는 정화나 조정의 의미보다는 카타르시스를 통해 나타나는 신체적 현상인 배설의 측면에 좀 더 주목했다.

살아낸 시간이 살아갈 희망이다

《로미오와 줄리엣》 같은 비극을 보면서 우리는 눈물을 쏙 뺀다. 카타르시스는 이때 일어나는 신체적, 정신적, 심리적 효과에 뇌생리학적 효과까지 포함한다. 그는 눈물을 쏟는 것, 키스하며 상대와 격렬하게 타액을 섞는 것, 쾌감을 느끼며 정액을 내보내는 것, 오르가슴을 느낀 여성이 애액을 쏟아내는 것, 숙변이 해결되는 것 등이 무엇보다 중요하다고 했다. 그것이 어떠한 약이나 심리치료보다 정신건강에 더 크게 도움이 된다고 믿었다. 그러니 그가 마음에 생긴 아이디어와 감정을 글로 가감 없이 쏟아냈던 것은 너무도 자연스러운 일이었다.

한의학에도 조예가 있던 마광수는 '사하'(瀉下, 쏟아져 내려감의 의미, 몸에 고인 독소나 응어리를 약이나 의술을 통해 쏟아내게 하는 한의학적 방법)라는 말로 카타르시스를 풀어내 이론화한 적이 있다. 실제로 최근 뇌과학은 인간의 위장관과 마음의 연관성에 주목하고 있다. 이를테면 지속적인 소화불량은 우울증이나 치매로 이어진다는 연구결과가 있다. 그는 마음속에, 몸속에 쌓인 응어리나 독소를 배설하도록 돕는 것이 문학의 효능이라고 확신했다. 그는 늘 문학은 시원해야 한다고 말했다. 그래서 마광수의 문학은 청량함을 추구했다. 나는 그의 문학이 항상 활명수 같다고 생각했다.

그는 인생을 걸고 우리 안의 불건전성과 싸웠던 사람이다. 한국사회에 막힌 것이 많고, 그것을 풀어줄 문화적, 예술적 장치가 필요하다는 것이 그의 지론이었다. 그런 고민 끝에 나온 마당극 역시 그가 최초로 창안한 공연 양식이다. 그것은 관객과 무대가 막혀 있지 않고, 뚫려 있는 구조를 지향하는 연희 양식이다. 그는 토해내지 못하는 한국인들을 위해 갇히고 눌린 것들을 사하시켜주고 싶었다. 정확히는 그것들을 폭력적인 방식을 취하지 않고 배설시켜주고 싶었다. 우리는 이 시대의 성이 얼마나 뒤틀려 있는지 새삼 실감하고 있다. 어쩌면 그만이 뒤틀린 성을 아이처럼 순수하고 청량하게 만들 수 있는 사람이었을지 모르겠다. 이제 누가 다시 그럴 수 있을까?

한편으로 포르노에 대한 그의 생각을 궁금해 하는 사람이 많았다. 그는 포르노를 잘 보지 못했다. 실제로 전혀 즐기지 않았다. 처음 그 사실을 알고서 나는 몹시 의아했다. '포르노를 싫어하는 사람도 있구나.' 우선 내게는 포르노가 전혀 아름답지 않다고 했다. 자주 역겹다고 했다. 누가 아름다운 장면이 많다며 테이프를 줘서 봤는데 속았다는 말을 자주 했다. 탐미주의자였던 마광수에게 아름답지 않은 포르노는 구역질나는 무엇이었다. 그는 몹시 민감한 사람이어서 자신의 심미성을 해치는 저속한 매체를 체질적으로 가까이 할 수 없었다.

더 큰 이유는 폭력성이었다. 그는 포르노에 스며든 폭력을 고통스러워했다. 대개의 포르노는 남성이 여성을 대단히 폭력적으로 가해하는 방식을 취한다. 포르노를 보고 성을 습득한 이들은

　　　　　　　　　　　살아낸 시간이 살아갈 희망이다

그 폭력적 방식도 함께 배울 가능성이 높다. 이것은 공식과도 같은 것이다. 그는 "한국영화의 고질적인 병폐가 성을 포르노적으로 다룬다는 것"이라고 말했다. 그런 것들이 한국사회에 강간 범죄가 너무나 많은 이유라고 했다. 철두철미한 비폭력주의자인 마광수에게 포르노는 쉬이 허락될 수 없는 역겨운 장르였다. 그런데 그의 작품을 두고 '포르노'라고 오해하는 사람들이 많았다. 결단코, 그의 작품들은 포르노가 아니다. 만약 포르노를 보겠다는 사람이라면 누구도 그의 작품을 읽지 않았을 것이다. 적어도 포르노란 걸 보겠다는 욕망을 가진 사람이라면 그토록 '지루하게' 두 남녀의 감정 교류와 평등적 관계를 탐미적으로 그려내는 일 따위는 원치 않았을 것이기 때문이다.

알랭 드 보통의 표현을 빌린다면, 마광수의 성 문학은 "논리라고는 털끝만큼도 없는 황당한 대사에 판에 박힌 캐릭터와 동물적인 행위로 장면을 가득 채운 지금까지의 포르노"와는 전혀 다른 "미래의 포르노"였다. 마광수의 작품은 우리에게 꼭 필요한 미래의 포르노, 지성적인 성의 유희에 가까운 창조물이었다.

그는 결코 대담한 사람이 아니었다. 의외로 그는 너무나 소심하고 수줍음을 많이 탔다. 그는 항상 자기보다 더 적극적인 여성이 이상형이었다. 《즐거운 사라》의 발칙하며 유쾌한 사라는 그의 이상형에 가까웠다. 자신이 창조했지만 젊음, 아름다움, 용기, 지혜, 자유로움, 그 모든 것을 가진 사라가 부럽다는 이야기를 자주 했다. 그는 자주 젊은 나에게 이런 말을 했다.

"젊다는 게 최고의 가치지. 조금씩 늙어가다가 결국엔 죽겠지.
그건 어떤 인간에게나 힘겨운 일이야. 나도 오십이니 살날이
얼마 남지 않았어. 네가 너무 부러워. 육체적으로 충만한 젊
음은 그 어떤 것과도 바꿀 수 없는 가치지. 돈이나 명예 같은
거 없어도, 젊음을 가졌다는 것이 축복이야. 자신의 싱싱한
육체를 제대로 쓰지 못하는 건 어리석어. 늙은이들이 하라고
시키는 걸 하느라고 시간 낭비하는 건 정말 어리석은 거야.
늙은이들 말 듣지 마. 젊었을 때는 젊음을 마음껏 누려야지.
별것도 아닌 인생이잖아. 젊은 게 최고야."

젊다는 것이 버겁게만 느껴지던 나에게 그의 말은 생생한 바
다와 같았다. 늘 번민하고 걱정에 지쳐 있던 젊은 나에게 그는
활력 넘치는 삶을 전해주었다.

살아낸 시간이 살아갈 희망이다

상처에 쓰러지다

세상에는 운명이 그려내는 피할 수 없는 인연이 존재하는 법이다. 마광수와 나의 인연은 그의 책 《즐거운 사라》로 본격적으로 시작되었다. 그 책의 출간과 반향을 계기로 그는 '나'란 존재를 처음 알게 되었다.

1991년, 《즐거운 사라》가 출간되고 외설 논쟁에 휘말렸다. 91학번인 나는 그 소음과 항변을 아직도 똑똑히 기억하고 있다. 책의 내용에 반발한 몇몇 언론과 문인, 교수가 비판의 글을 썼고, 급기야 1992년 10월 29일, 《즐거운 사라》가 음란물로 분류되며 마광수는 음란물 제작 및 배포 혐의로 대학 강의 도중 전격 구속되었다. 마광수의 작품이 미풍양속을 해치고 청소년의 모방심리를 조장한다는 사유였다. 하지만 당시는 이미 에로티시즘 문학의 거장 헨리 밀러의 작품들, 《북회귀선》이나 《남회귀선》 《섹서

스》가 널리 읽히던 시절이었다. 나 역시 밀러의 책을 여러 권 갖고 있었다. 묘사의 수준만 본다면 마광수의 《즐거운 사라》는 헨리 밀러를 넘어설 정도가 아니었다.

마광수의 구속에 대해 몇몇 유교 단체와 이문열, 종교단체들이 환영했지만, 문인 300여 명은 표현의 자유를 침해한다는 성명을 내면서 시위를 벌였다. 연세대 국문과 학생들도 시위에 참여했다. 나 역시 시위 현장에 있었다. 하지만 그의 항소는 번번이 기각되었고, 1992년 12월 28일 서울형사지방법원에서 징역 8월에 집행유예 2년을 선고받고 석방되었다. 구속된 지 두 달 만에 자유의 몸이 되었지만, 그가 받은 충격은 형언할 수 없을 만큼 깊었다.

이후 《즐거운 사라》를 둘러싼 찬반 논쟁은 더 뜨거워졌다. 마광수는 1993년 연세대로부터 직위 해제되었고, 1995년 대법원에서 상고 기각 후 연세대에서 면직됐다. 1995년 제대 후 나는 '마광수 교수 복직위원회'에 참여하며 다시 그를 볼 수 있었다. 불과 몇 년 사이 그는 몰라보게 변해 있었다. 1, 2학년 때 강의실에서 봐왔던 생기 넘치던 마광수가 아니었다. 그의 천재성은 놀라울 만큼 꺾인 상태였고, 기세등등하던 데미안은 흔적 없이 사라진 뒤였다. 그는 심지어 심각한 대인기피증까지 앓고 있었다.

나는 뭔가를 하지 않으면 견딜 수가 없었다. 부랴부랴 나는 '마광수 교수 복직위원회' 위원장을 맡아 그에게 내려진 판결과

해직이 부당하다는 것을 세상에 알렸다. 수줍음 많고 나서길 좋아하지 않던 나로서는 정말 쉽지 않은 일이었다. 매달 대통령에게 탄원서도 보냈고, 해직의 부당성을 알리는 잡지도 분기마다 수천 부 만들어 배포했다. 나는 군대를 제대하자마자 복직위원회에서 발간하던 잡지에 자유인 마광수의 가치와 미개한 한국사회에 대한 비판을 담은 글을 한 편 썼다. 그전까지 나의 존재를 열심히 공부하는 후배, 학부생 정도로만 알던 마광수는 주위에 글을 쓴 사람이 누구냐며 만나고 싶다고 했다.

95년 가을, 처음으로 마광수와의 독대가 이루어졌다. 그는 나의 글 때문에 흥분해 있었다. 우리는 오래 알던 사람처럼 서로 열렬히 대화했고, 서로가 서로를 이해한다는 사실에 위로를 받았다. 얼마 지나지 않아 그와 나는 하루에도 몇 시간씩 함께 있는 날이 많아졌다. 나는 당시 그 글에 진정한 자유인인 마광수의 가치를 알아야 한다고 썼다. 이슈가 되는 성해방 측면만 볼 것이 아니라 자신의 사고, 욕구와 상상에 충실한 자유인 마광수를 높이 평가해야 한다고 적었다. 참다운 예술이나 문학이란 이런 것이라고. 지금 생각하면 거칠고 미숙하기 그지없는 글이었지만, 그는 이제 20대 중반 학부생이 누구보다 자신을 잘 이해하는 것 같다며 황송할 만큼 칭찬해주었다. 그는 늘 누군가에게 이해받고 싶어했다. 그래서인지 나를 만난 것에 무척 기뻐했고, 우리의 인연을 귀하게 여겼다. 나는 그가 자주 나를 총애한다는 걸 느꼈다.

다행히 1998년 김대중 정부가 들어서며 그는 사면되었고, 다시 교수직에 복직할 수 있었다. 하지만 그는 이미 지칠 대로 지친 후였다. 아니 깊은 상처로 신음하고 있었다. 상처는 그것으로 끝나지 않았다.

1999년 겨울, 또 다른 상처가 그를 기다리고 있었다. 그와 내가 몸담고 있던 국문과에 한 번 더 쓰나미가 밀려들었다. 이번에는 외부가 아닌 내부의 적들과 맞서야 했다. 느닷없이 내부의 적이 그를 유린하기 시작했다. 마광수는 힘겹게 되찾은 교수직을 불과 2년 만에 다시 잃을 위기에 몰렸다. 1999년 12월 어느 날 오후, 나는 선배에게 그 이야기를 전해 들으며 몸서리를 쳤다. 마광수가 내년에 있을 재임용 심사에서 탈락될 거라는 이야기였다. 나는 충격과 공포에 휩싸였다. 나의 앞날도 걱정스러웠지만 마광수, 그가 더 걱정이 되었다. 아니 두려웠다. 그가 유리병처럼 산산이 부서질까봐 그것이 몹시 두려웠다. 그는 《즐거운 사라》로 산산이 부서진 적이 있었다. 이미 그의 정신은 유리병처럼 위험스러운 상태였다.

다음 날 그를 만나러 가는 길, 그가 다시 큰 충격을 받으면 어쩌나 하는 걱정에 내내 속이 뜨거웠다. 마광수는 교수실에서 사시나무처럼 떨며 '장미(담배 상표명)'를 연달아 피우고 있었다. 이미 재떨이에는 수북하게 시든 장미가 쌓여 있었다.

살아낸 시간이 살아갈 희망이다

"민근아, 어쩌지……?"

스물아홉, 아무 힘이 없는 내게 그는 처연히 물었다. 아니 그
것은 갈급한 물음이었다. 나는 아무 답을 줄 수 없었다. 결국 그
는 2000년 6월 연세대학교 교수 재임용 심사에서 논문 실적 등
의 문제로 탈락되었다. 이 과정에서 국문과의 몇몇 교수들의 그
를 향한 집단적 이지메가 벌어졌다. '집단적 이지메'는 마광수가
직접 표현한 말이었다. 나는 그 말을 그에게 수백 번도 넘게 들
었다. 마광수 교수의 재임용을 탈락시킨 공식적 사유는 학문적
능력과 자질의 결함이었다. 하지만 이 근거는 얼마 지나지 않아
연세대 당국의 심사를 통해 부당한 것으로 판명 났다. 애써 벌인
그들의 거사는 해프닝이 되고 말았다.

이는 역사에 길이 남을 코미디였다. 만약 당시 그가 이룬 학문
적 성과를 두고 교수로서 결함이 있다고 지적한다면, 지금 대한
민국에는 대학교수라는 직함을 가진 이는 거의 없을 것이다. 그
는 글 쓰는 기계에 가까웠다. 쉬지 않고 글을 쓰는 식지 않는 엔진
같은 존재였다. 마치 글을 쓰기 위해 태어난 사람 같았다. 그런 그
가 아무것도 하지 않았다니 말이 되지 않는 언어도단이었다.

팩트만 요약하면 이렇다. "너는 교수가 될 자질이 없어"라고
비판하던 같은 과 몇몇 교수들이 치밀하게 공문서를 작성해 올
렸지만, 대학 당국에서는 그 판단이 틀렸다고 결론 내렸다. 당시

그 교수들의 전횡에 반기를 든 몇몇 학생들은 거세게 저항했고, 그 과정에서 힘이 모자랄 수밖에 없던 몇몇의 대학원생들이 학교를 떠날 수밖에 없었다. 나도 그 중 하나였다. 아니 다른 사람은 몰라도 나만큼은 학교에 남을 명분이 없었다. 누구의 말처럼 '난, 마 선생 애제자'니까.

다들 반쯤 미쳐가고 말았다. 나처럼 그를 끝까지 지킨 사람도 있었지만, 일순간 그를 떠난 사람이 더 많았다. 그는 그 사실에 더 큰 충격을 받았다.

사실 마광수는 수입의 대부분을 제자들에게 썼다. 이혼해 부인도 없고, 자식도 없고, 집을 사야 하는 처지도 아닌 그는 제자와 글만 생각하고 살았다. 번 돈을 제자들의 술값과 밥값, 택시비로 아낌없이 쓰는 사람이었다. 그것이 그의 사는 낙이라고 했다. 내가 그에게 받은 택시비만 해도 몇백만 원이 넘었다. 버스가 끊긴 제자를 걱정하며 그는 항상 만 원 몇 장을 건넸다. 그런 그에게 국문과의 많은 동학들이 등을 돌리는 참극이 벌어졌다. 자기만의 안위를 위해, 자기만의 이익과 성공을 위해 그를 외면하는 이들이 너무 많았다. 좁은 내 소견에 그들은 조금도 문학을 하는 인간이 아니었다. 권력에 약한 인간이었거나 아니면 그들이 두려워한 무엇이 있었을 것이다.

나는 아직까지 '그때 그 사건'의 이유를 알 수 없다. 사람의 마음은 헤아리기 어려운 법이다. 다만 마광수는 그것이 "저열한 질

살아낸 시간이 살아갈 희망이다

투 때문"이라고 확언했다. 한창 잘나가는 이에게 보내는 질투, 수업마다 몇백 명의 수강생이 넘치는 자신에 대한 열등감 때문이라고 했다. 그는 내게 아들러 심리학으로 그것을 설명하곤 했다. 인간관계를 움직이는 근본적인 동력이 열등감과 자존감이라고.

하지만 당시 마광수의 재임용을 반대한 교수들과 싸웠던 학생들의 생각은, 마광수가 희생양으로 내쳐진 거라고 생각했다. 마광수를 반대한 교수들이 자기네 사람을 마광수의 자리에 심기 위해서 그를 희생양으로 삼았을 거라고 추측했다. 물론 진실은 누구도 모른다.

긴 싸움 끝에 마광수는 어렵사리 교수직을 유지할 수 있었다. 만약 그때 그가 다시 학교에서 쫓겨나고 말았다면, 그는 좀 더 빨리 목숨을 포기했을지 모른다. 그런 의미에서 그가 교수직을 유지한 것은 다행스런 일이었다. 그가 끝까지 교수직을 지키려고 했던 것은 죽지 않기 위해서였다. 그는 살아 있기 위해서 자신의 자리를 지키려고 했다. 하지만 그는 거부할 수 없는 상처를 받고 말았다.

몇 년간의 분쟁 때문에 많은 것이 파괴되었다. 많은 사람들이 다쳤고, 고통스러웠다. 나 역시 예외가 아니었다. 교수들과 대항하던 사람들 중에는 사랑하던 학교를 등진 사람도 있었고, 해외로 피한 사람도 있었다. 다른 학교로 적을 옮긴 사람도 있었다.

외부의 시선으로는 그가 재임용되었으니, 모든 것이 회복되었으리라 생각했을 것이다. 하지만 실상은 그렇지 않았다. 거의 모든 것을 상실하고 난 후였다.

사건의 여파는 무서울 정도 컸다. 당시 마광수를 옹호하는 측과 반대하는 측 사이의 감정대립은 극한까지 치달았다. 술자리에서는 서로에 대한 담을 수 없는 욕설이 난무했다. 어제까지는 사제 관계, 선후배 관계였던 사람들이 서로에게 돌이킬 수 없는 상처를 주고 받았다.

당사자 마광수는 심한 외상 후 스트레스 장애에 시달리며 나날이 병들어갔다. 그는 정신병을 이유로 휴직과 복직을 반복하며 몇 년을 버텼고, 다시 복직한 후에도 정상적인 삶을 살지 못했다. 당시 그는 정신의 에너지가 거의 소진되어 보였다. 2005년경 그는 매일 한줌의 정신과 약을 복용하기에 이르렀다. 그런 그를 지켜보는 것도 무척 고통스러운 일이었다. 그는 내게 환청이 들린다고 털어놓기도 했다. 환각에 빠질 때도 있다고 했다.

국문과 쓰나미가 지난 후, 사람들이 더 이상 자신을 반기지 않는 것을 알면서도 그는 악착같이 글을 썼다. 살기 위해서였다. 그는 글을 쓸 때, 자신의 실존을 경험한다고 했다. 어느 순간 글쓰기는 그에게 실존의 의식이었다. 그는 죽어갔지만, 적어도 글을 쓰는 순간만큼은 실존해 있었다.

우리는 자기 안의 영성의 별을 만들어야 한다. 하지만 내 안의 폭력적 본성은 저항을 일으킨다. 그 저항은 스스로를 추락하게 만들 때가 많다. 저항을 이길 힘은 용서와 사랑이다. 나는 자주 그에게 용서를 권했지만 그의 깊은 원한에 내 조언은 금방 증발해버리곤 했다. 그는 절대 죽는 순간까지 용서할 수 없다고 했다. 그가 집착한 것은 용서하지 않겠다는 신념이었다. 그래서 그는 끊임없이 원한의 글을 썼다.

문학이 우리를 죽였다

마광수와 나는 비슷한 구석이 있었다. 무척 예민하고 내향적인 성격부터가 닮았다. 언젠가 그와 살아온 이야기를 나눈 적이 있다. 마광수도, 나도 힘든 유년 시절을 보냈다. 그 힘든 시절을 둘 다 그림과 책으로 버텼다. 글쓰기와 그림 그리기를 모두 좋아한다는 점 때문에 잘 통했다. 그는 내 그림 보는 눈을 칭찬하며 미술평론을 꼭 해보라고도 했다.

20대 시절, 나는 아팠던 유년 시절을 누구에게도 말하지 못했다. 지금 생각하면 어리석었지만 아픈 나를 부끄러워했던 것 같다. 그런데 그에게만은 솔직할 수 있었다. 힘들었던 시절의 이야기도 그 앞에서는 술술 말할 수 있었다. 7살 무렵, 내가 옥상에서 떨어져 크게 다친 이야기를 했더니, 그가 무척 궁금해 하며 어떻게 견뎠는지 물었다. 나도 당신처럼 그림을 그리며 견뎠다고 했

살아낸 시간이 살아갈 희망이다

더니 그는 조용히 고개를 끄덕였다. 그런데 왜 계속 그림을 그리지 않았느냐고 재차 물었고, 나는 가난 때문에 그림을 포기한 사연을 털어놓았다. 그러면서 문학의 길을 택한 과정도 고백했다. 그도 그림과 글쓰기를 두고 고민이 많았다고 했다. 유복자로 태어난 그는 문학을 제 몸처럼 사랑하는 사람들 대부분은 깊은 상처를 가지기 마련이라고 했다. 그날의 속 깊은 대화는 서로를 더 가깝게 느끼게 했다. 그와의 시간은 내게 하나같이 의미가 깊었다.

힘들었던 유년 시절 말고도 우리의 공통점은 또 있었다. 바로 문학이었다. 우리 둘에게 문학은 생명이었다. 살아가게 하는 뿌리였다. 그는 문학 속에서 놀고, 문학을 만들고, 매일매일 문학으로 위안 받았다. 그는 문학이 존재하기에 살 수 있는 사람이었다. 그는 자신이 애정결핍이 심하다는 말을 자주 했다. 그러나 아버지 부재가 그 원인이라고 말한 적은 없었다. 다만 "홀어머니 혼자 나를 키운다고 고생했지"라는 말은 자주 했다. 아버지가 없던 유년을 마냥 나쁘게만 말하지 않았다. 오히려 사르트르도 자신처럼 아버지가 없었고, 그래서 그가 억압 없이 자유로울 수 있었다고 했다.

그는 오이디푸스 콤플렉스가 없었다. 평생 어머니를 독점했기 때문이다(그의 어머니는 그가 자살하기 바로 전 해에 임종했다). 어머니의 자궁은 항상 정신적으로 자신의 소유였다. 그의 문학은 음란한 것이 아니라 자신의 기질과 본능과 생존욕구에 충실했던 것이다. 그는 초지일관 몸과 마음에 쌓인 감정과 미망을 배설할 수 있게 돕는 것이 문학의 기능이라고 믿었다. 그래서 문학이 소화제 같은 청량함을 줄 수 있어야 한다고 했다. 하지만 세속의 문학은 달랐다. 많은 것에 오염되어 있었다.

이상한 나라에는 이상한 문학이 자란다. 그는 한국에 만연한 문단 정치를 혐오했다. 내게 "구역질난다"는 말을 자주 했다. 무슨 해괴한 상을 만들고, 어떤 비평가가 어떤 작가를 키우고, 불러다 상을 주거나 자기네들끼리 칭찬하는 글을 써주고 하는 짓거리들이 더럽다고 했다. 여태 문학을 성스럽게 섬기며 살아왔던 내게 그는 문학이 또 얼마나 저속해질 수 있을지 알려주었다. 그는 내가 상상할 수도 없었던 구체적인 사실까지 언급했다. 가령 한 늙은 영감탱이는 어린 여성 문학 지망생들의 치마를 자꾸 들춘다고 했다. 그 후 여러 여성들에게 수작을 거는 다수의 남자 소설가들의 이야기를 들었고, 인격장애 문학가들이 많다는 사실도 알게 되었다. 놀랍게도 그들은 모두 득세하는 유력 문학가들이었다. 그는 한국문학이 너무 오염되어 있어 희망이 없다는 말을 입버릇처럼 했다. 고급스러운 문학이 없다는 말을 한 적도 있었다. 나는 그 이유를 미처 묻지 못했다.

그는 자신의 문학이 탄압 받은 일을 결코 개인적인 일로 여기지 않았다. 자신에 대한 린치가 문학 전체에 대한 폭력이라고 생각했다. 그것은 자기 본위의 이기적 발상이 아니라 냉철한 판단에서 나온 것이었다. 하지만 그의 생각에 반대하는 문학가도 많았다. 마광수의 문학이, 문학이 아니라고 하는 문학가들이 적지 않았다. 내 생각은 좀 다르다. 이제는 문학을 떠난 내가 판단컨대, 무엇보다도 그것은 그들의 문학관이 협소했기 때문이다. 그들은 녹음기처럼 문학은 음란해서는 안 된다고 했지만, 그것은 세계사적으로 좁은 사고였다. 프랑스 혁명을 이끈 대사상가 볼테르는 포르노 소설 작가이기도 했다. 《오를레앙의 처녀》나 《방황하는 창녀》는 당대 민중들을 열광시켰고, 혁명의 동력을 제공했다. 이는 혁명에 민중이 배양한 성 에너지가 집결되었던 것이다. 에리히 프롬이나 빌헬름 라이히가, 허버트 마르쿠제가 설명했던 그대로였다. 아니 바타이유나 푸코 역시 같은 맥락으로 말했다.

좁은 문학관을 가진 문학가들은 선비들의 한시나 시조 짓기 같은 것만이 문학이라 생각했을지 모르겠다. 하지만 세계문학은 해를 거듭하며 에로스와 성 해방을 위해 전진하고 있다. 일본만 하더라도 에로스를 배제하는 예술소설은 상상할 수 없는 일이 되었다. 그들은 마조흐의 《모피를 입은 비너스》나 사드의 소설, D. H 로렌스의 《아들과 연인》, 다니자키 준이치로의 《치인의 사랑》 같은 작품들은 문학이 아니라고 생각했던 것일까? 이 소설들은 모두 마광수가 무척 아꼈던 소설들이다.

마광수는 있는 힘껏 역공했다. 에로스를 담아내지 못하는 문학가는 불구라고 했다. 그러지 못하는 문학이야말로 정치권력과 닫힌 풍속이 강제하는 이데올로기에 복종하는 하류라고 비판했다. 그것은 문학가가 의무적으로 에로티시즘만 탐미해야 한다는 것이 아니라, 에로티시즘을 의도적으로 자기 문학에서 배제해서는 안 된다는 의미였다. 어쨌든 그의 문학과 한국의 세속 문학은 달랐다. 공통점이라곤 없었다. 그가 떠난 지금, 누구의 문학이 진짜일까?

그는 문학가였지만 문학가들로부터 외면 받았다. 근엄한 문학가들은 성을 말하는 것을 꺼려했고 때로는 혐오했다. 심지어 그런 그를 배척했다. 문학계의 배척은 그를 힘들게 했다. 그는 세계문학의 주류를 쫓았지만 한국에서는 문학가들만이 갇히는 좁은 성이 있었다. 나름의 세계성을 지향하는 그와는 상극이었다. 그는 문학에게 환대받지 못하는 문학가였다. 그것은 멸시를 넘어, 혐오나 왕따에 가까울 때가 많았다. 그런 현실이 그의 통증을 심화시켰다. 그는 문학으로 살아갔지만, 문학 때문에 죽어갔다. 그에게 문학이 기쁨을 주었지만, 문학으로 오래도록 고통을 받았다.

그는 자신의 트라우마가 상상력을 거세하는 상황을 힘겨워했다. 그것이 그의 삶에도 그의 문학에도 독이 되었다. 그러면서도 그는 죽는 날까지 문학에 성실하고자 노력했다. 그는 문학이 사람의 마음에 충직하고 민감하게 반응해야 한다고 생각했다. 그

살아낸 시간이 살아갈 희망이다

는 숨어서 자위하듯 혼잣말을 지껄이는 문학을 싫어했다. 마음 속에, 몸속에 쌓인 응어리나 독소를 배설하도록 돕는 것이 문학 의 효능이라고 확신했다. 그래서 그의 문학은 활명수 같았다. 마광수는 문학만큼은 따뜻한 충족감을 주어야 한다고 믿었다. 적어도 가벼운 흥분이나 흥미라도 줄 수 있어야 한다고 했다.

문학판을 떠나고 난 후, 나는 혁신도 용기도 없는 문학을 지켜 보아야 했다. 내게 문학은 이미 시체였다. 문학이 도대체 무엇이 란 말인가? 그들이 한사코 부정한 마광수의 문학이, 문학이 아니라면, 과연 문학은 어떤 것이어야 하는가? 민족을 팔기 위해 사용했던 이광수의 문학이 문학인가? 문단 정치를 벌이기 위해 주고받는 가상화폐 같은 껍데기가 문학인가? 문단의 권력으로 어린 문학 지망생을 굴복시켜 더러운 욕망을 쏟아내는 데 쓰이는 것이 문학인가? 남의 글을 몰래 베껴 베스트셀러 작가가 되는 것이 문학가의 소명인가? 어쩌면 이것은 과한 생각일 수 있다.

나는 아직도 문학이 무엇인지 모른다. 하지만 적어도 이것만 은 분명히 말할 수 있다. 마광수는 문학 때문에 살았고, 문학 때문에 죽었다.

학교를 떠나서

   '연대 국문과 사태'가 일어나고 2년 정도 지난 뒤였다. 마광수는 정신적으로 심각하게 훼손되어 있었다. 그의 영혼은 끝없이 추락하고 있었다. 정신의 추락은 나 역시 피할 수 없었다. 나는 어떻게든 서울을 떠나고 싶었다. 오직 살기 위해서였다. 마광수는 그것을 심하게 반대했다. 내게 서울에 남아 글도 쓰고, 등단도 해보라며 자기 옆을 떠나지 말라고 했다. 그에게 도와줄 후배들을 소개했지만, 다른 사람은 아무도 필요 없다고 했다. 하지만 나는 정녕 그럴 형편이 못 되었다. 나 역시 외상 후 스트레스 장애에 시달렸기 때문이다. 마광수와 투쟁하던 학생들을 향해 내뱉었던 교수들의 말과 글이 대못처럼 가슴에 박혀 나를 괴롭혔다. 그들이 휘두르는 언어는 살인무기처럼 나를 날카롭게 찔러댔다. 그들은 한때 나의 스승이던 사람들이었다.

국문과 사태의 시발점에 내가 있었다. 2000년 초, 나는 국문과 성원 200여 명이 모인 강의실에서 마광수의 임용탈락을 결정한 교수들을 앉혀놓고 그 결정은 틀렸다는 입장문을 낭독했다. 그 후 내 삶은 헤어나기 힘든 수렁으로 빠져들었다. 그 교수들에게 나는 더 이상 제자가 아니라 적이었다. 나를 응원하는 사람도 있었지만, 나를 가까이 해서는 안 될 위험인물로 생각하는 사람들도 생겼다.

하루하루가 가시밭길이었다. '이 까짓 국문과 떠나면 그만이지' 하고 스스럼없이 말하는 이도 있었지만, 목숨처럼 아꼈던 국문과를 떠나는 일은 내게 사형선고와도 같았다. 엘리베이터에서 그 교수들 중 한 사람과 마주친 적이 있었다. 나는 차마 그 교수의 얼굴을 볼 수 없어 외면했다. 그런데 한 친구가 그 교수에게 이런 말을 전해 들었다고 했다.

"지가 큰 죄를 지은 줄은 아나보지. (자기 앞에서) 고개를 들지도 못하더군."

나는 인간에 대한 환멸이 깊어만 갔다. 이런 일들이 반복되면서 나의 정신은 무너져 내렸다. 하지만 나는 가급적 정신적 고통을 숨겨야 했다. 약한 모습을 들키기 싫은 것도 있었고, 나 자신을 나약한 놈으로 규정하고 싶지 않았다. '나는 미쳤어.' '나는 병약해'라고 말하는 순간 모든 것이 무너질 것 같았다. 하지만 나는 시도 때도 없이 픽픽 쓰러졌다. 영화 〈아이다호〉의 주인공이 가졌던 기면증 같은 것이 찾아왔다. 갑자기 현기증을 느끼며 길에서 쓰러지곤 했다. 긴장을 할 때는 조금 견뎠지만, 긴장이 풀리는 순간 그런 일이 반복되었다. 극도의 스트레스에 놓이면, 뇌는 그것을 피하기 위해 망상이나 환각, 혹은 기절 상태 같은 도피 수단을 허락하게 된다. 나는 그것이 극심한 갈등 탓임을 잘 알았다. 숨 쉬는 매순간 애간장이 타서 미칠 것만 같았다.

내적 갈등을 피하는 데는 술이 특효였다. 매일 술에 의지해 살았다. 밤마다 불면을 술로 겨우 쫓아내고 잠을 청했다. 술을 마시지 않으면 괴로운 생각의 질주를 멈출 수 없었다. 술자리를 전전하거나, 혼자서 술을 마신 날이 많았다. 조그만 TV 위에는 항상 마시다 만 소주병이 놓여 있었다. 하지만 몸이 술로 고통에 저항하는 짓은 오래가지 못했다. 하루는 가파른 계단에서 기절하며 뒤로 나뒹굴었다. 위험천만한 순간이었다. 다행히 머리가 벽이나 바닥에 부딪히지 않았지만, 온몸이 심하게 멍들었다. 두려워졌다. 내가 무너지고 있는 이 상황이……. 망가지는 나의 자아가 공포를 느끼게 했다. 벗어나고 싶었다. 이 고통스런 현실로부터 멀어지고 싶었다.

그런데 벗어날 구멍이 하나 있었다. 마침 형이 충북 음성에서 보건지소장을 하고 있었다. 내게 남은 그 도피처가 눈물겨울 만

살아낸 시간이 살아갈 희망이다

큼 감사했다. 천만다행이었다. 나는 서둘러 1톤 트럭을 빌려 짐을 싣고 서둘러 서울을 떠났다.

내가 내려간 곳은 충북 음성의 무극이라는 곳이었다. 높은 목련나무가 마당에 자리 잡은 시골집에 새 거처를 꾸렸다. 형이 기거하는 관사가 좁아 아버지와 어머니가 지내기 위해 얻은 아담한 집이었다. 그 집에서 어머니가 세 끼 차려주는 밥을 먹으며 간신히 기력을 되찾았다.

하지만 서울을 떠난 내게 마광수는 여전히 자신을 도와달라며 전화를 걸어왔다. 당시 그에게는 '야한 여자'보다 내가 더 필요했다. 어쩌다 서울에 상경해 그를 만날 때마다 시골로 내려간 것은 잘못이라고 했다. 아니 "네가 없어서 힘들다"고 했다. 나는 조금 회복되자, 몇 달 만에 다시 서울로 상경했다. 그의 간청도 있었지만 무엇보다 무너질 수 없었다. 서울로 올라가면서 독일로 유학을 가겠다는 심산이었다. 전공도 문학 대신에 철학으로 바꾸겠다고 결심했다. 밤에 학원 강사 일을 하며 남산에 있는 괴테하우스에서 여러 달 독일어 수업을 들었다. 남은 시간은 남산 도서관에서 독일어와 철학 공부를 했다.

하지만 날이 갈수록 마음이 무거워졌다. 집에 박혀 수업을 빼먹고, 가지 않는 날이 늘었다. 지난 밤 밤새 마신 술 탓이었다. 정신을 차려 학원 수업을 가는 것도 힘에 부쳤다. 나를 향해 나는 억지를 쓰고 있는 상황이었다. 죽은 시체를 대고 인공호흡을 하는 것만 같았다.

내 날개는 이미 추락하며 완전히 부서진 채로 아무 가망이 없었다. 그것은 꺾인 날개로 날아오르려는 시도였다. 당연히 저 벼랑 끝으로 다시 고통스러운 추락을 할 수밖에 없었다. 사람이, 세상이, 인생이 점점 더 두려워졌다. 어느 순간 나의 대인기피증, 광장공포증은 도를 넘어서고 말았다.

아무것도 아닌 내 존재가 몹시 부끄러웠다. 너무 부끄러워 고개를 들 수가 없었다. 나는 정말 세상에서 사라지고 싶었다. 나는 자꾸 엄마 뱃속으로 숨고 싶었다. 한없이 뒷걸음질 치고 싶었다.

자궁회귀본능

당시 나와 마광수의 정신 상황을 대변하는 말은 '자궁회귀본능'이었다. 마광수는 시인 이상의 시를 자주 이야기했다. 나는 어릴 적 그의 시를 많이 읽었다. 그의 시를 해석하는 것도 즐겼다. 이상의 시 가운데 이런 게 있다.

13인의아해가도로로질주하오.

(길은막다른골목길이적당하오.)

제1의아해가무섭다고그리오.

제2의아해도무섭다고그리오.

(중략)

제13의아해도무섭다고그리오.

13인의아해는무서운아해와무서워하는아해와그렇게뿐이모였소.

(다른사정은없는것이차라리나았소)

그중에1인의아해가무서운아해라도좋소.

그중에2인의아해가무서운아해라도좋소.

그중에2인의아해가무서워하는아해라도좋소.

그중에1인의아해가무서워하는아해라도좋소.

(길은뚫린골목이라도적당하오.)

13인의아해가도로로질주하지아니하여도좋소.

— 이상, 〈오감도 시제 1호〉 중에서

이 시는 큰 두려움의 표현이다. 천재적 발상의 이상은 당시 젊은 날의 암담한 표정을 몇 줄의 시로 상징해서 표현했다. 마광수는 이 시를 범상치 않게 해석했다. 처음 접한 마광수의 해석 역시 무시무시했다. 그는 이상이라는 시인이 성적 상징이나 상상력이 뛰어난 시인이니, 이 시도 성적으로 해석할 수 있다고 했다. 그는 '무섭다'는 감정보다 '달린다'는 행위에 주목해 시를 해석하면서 이를 정자들의 무서운 질주라고 설명했다. 길이 막힌 것은 여성과의 섹스이고, 길이 뚫린 것은 자위라고 했다. '아해(아직 어른이 아닌 '아이')'는 자궁을 향해 달리는 '정자(精子)'라는 것이다.

나는 처음 그 해석을 들었을 때 절묘하다는 감탄을 연발했다. 이상의 글을 10년 가까이 읽어오며, 도무지 풀리지 않던 비밀이

살아낸 시간이 살아갈 희망이다

드디어 밝혀지는 듯했다. 마광수의 해석을 접하고 다시 읽으면 섹스, 공포, 자위, 질주가 뒤범벅이 된 상상에서 헤어나올 수 없었다.

서른 즈음, 나도 이 시 그대로였다. 다만 나는 막다른 골목이 아니라 뚫린 골목에서 공포스럽게 질주하고 있었다. 나도 마광수처럼 매춘부를 절대 살 수 없는 사람이었기 때문이다. 이 시는 어딘가로 도피하고 싶던 시인 이상의 퇴행심리가 파괴적으로 반영된 시인 것만은 분명했다.

프로이트는 《늑대인간》에서 '퇴행(退行, Regression)'을 "강한 리비도가 출구를 찾지 못하고 (……) 리비도가 뒤로 흐르게 하는 것"이라고 했다. 정신분석학에서는 퇴행을 자신의 현재보다 미성숙한 정신단계로 되돌아가는 것을 뜻한다. 성인이 청소년기나 유아기 때와 같은 행태를 보일 때, 우리는 이를 '퇴행적'이라고 표현한다. 현실을 감당할 수 없는 정신은 부정적이고 미성숙한 방어기제에 의존하는데, 그것이 부정이나 회피, 자기합리화와 같은 퇴행으로 나타나는 것이다.

마광수는 '자궁회귀본능'이라는 말을 국내에 회자시킨 학자이다. 이는 아마도 퇴행심리의 가장 극단적인 예일 것이다. 나는 처음 이 단어를 마주했을 때, 엄청난 충격을 받았고 또 한편으로 거북했다. 너무 노골적이고 적나라한 단어여서 그에게 노상 이야기를 들으면서도 입 밖으로 말하기 쉽지 않았다. 사실 이 개념을 처음 사용한 사람은 물론 마광수가 아니다. 게다가 원안은 마광수의 설명과는 상당한 차이가 난다.

심리학자 에이브러햄 매슬로는 친구였던 사회학자 프랭크 마뉴엘에게서 처음 이 이야기를 듣고 '요나 콤플렉스(Jonah complex)'를 자신의 책에 처음 소개했다. 매슬로는 잘 알려져 있다시피 욕구의 단계설을 주장했는데, 인간 욕구 가운데 가장 상위 욕구는 자아실현 욕구라고 했다. 그런데 그는 이 자아실현의 욕구를 달성하려는 일반적 유형이 아닌, 퇴행적인 심리를 가진 사람들을 '요나 콤플렉스'로 설명한다. 그는 자신에게 주어진 운명이나 사명을 피하려는 성향을 '요나 콤플렉스'라고 정의했다. 구약성서에 나오는 요나는 하나님에게 계시를 받는다. 그것은 타락한 한 도시에 가서 그 도시가 죄악으로 가득차서 곧 천벌을 받을 것이라는 사실을 전하는 것이었다. 하지만 요나는 하나님의 명령을 거역하고 배를 타고 도망치다가 폭풍우를 만나 배가 침몰하여 그만 고래 뱃속에 갇히고 만다. 뒤늦게 하나님에게 참회의 기도를 드리고 나서 요나는 고래 뱃속에서 탈출할 수 있었다.

요나 콤플렉스는 요나처럼 자신에게 주어진 소명을 피하려는 퇴행적이고 나약한 심리를 설명하는 말이다. 그런데 마광수는 오히려 이런 심리를 적극적으로 옹호하면서 인간에게는 누구나 의무나 고통이 없던, 엄마의 따뜻했던 자궁에 회귀하고자 하는 본성이 잠재해 있다고 했다. 이는 미숙하고 나약한 인간이 취

살아낸 시간이 살아갈 희망이다

할 수밖에 없는, 신이 아닌 인간의 지극한 심리라는 것이다. 그는 이상화의 시 〈나의 침실로〉가 고난의 일제 현실에서 도피하고픈 젊은이가 절규하듯 부르짖는 자궁회귀욕망의 발로라고 했다가 파란을 일으키기도 했다.

서른 즈음, 나는 엄마의 자궁 속에 숨고만 싶었다. 마광수 역시 그랬을 것이다. 하지만 나는 그의 자궁이 될 수 없었고, 그 역시 나의 자궁이 될 수 없었다. 다행히 내게는 음성의 무극, 작은 시골집이 가장 숨어들기 쉬운 자궁에 가까웠다. 나의 어머니도 거기 있었다. 나는 아무것도 할 수 없는 아기가 되어 그 자궁 속으로 자꾸 기어들어갔다.

2장

너 때문에 아팠고
너 때문에 살았다

치유

그을린 마음

　시골집 음성으로 내려온 뒤에도 몇 년간 마광수와 드문드문 연락을 주고받았다. 하지만 갈수록 악화되는 그의 정신을 감당하기란 쉽지 않았다. 해가 갈수록 서울로 그를 만나러 가는 일도 뜸해졌다. 나는 점점 더 그의 연락을 피했다. 내가 먼저 전화를 거는 일도 없었다. 내가 자신을 피하는 것을 눈치 채고 그도 더 이상 전화를 걸지 않았다. 2005년 여름 이후, 우리는 완전히 연락을 끊고 살았다.

　그렇게 7년의 시간을 보냈다. 서울을 떠난 나도 어느 정도 안정적인 일상을 맛보고 있었다. 그러던 어느 날, 나는 그가 몹시 보고 싶었다. 그가 어떻게 지내는지 너무 궁금했다. 이제는 결혼해서 아이도 낳고 밥벌이도 하며 살고 있는 나를 보여주고도 싶었다.

2012년 어느 날, 나는 용기 내어 그에게 전화를 걸었다.

"선생님, 민근입니다."
"어어, 민근아…… 반가워."
"잘 지내셨어요? 한번 찾아뵈려고요."
"(……)"
"요즘 어떠세요?"
"난 엉망이야. 죽지 못해 살아."

7년 세월이 무색하게 우리는 길게 통화를 나누었다. 그는 통화에서 여러 번 내 생각을 했다고 말했다. 전화를 끊을 즈음, 그는 빨리 만나고 싶다고 했다.

며칠 후, 그의 아파트로 찾아갔다. 그는 나를 보고 천만다행이라고 했다. 무슨 말인지 영문을 몰랐다. 그는 담담하게 얼마 전 있었던 이야기를 했다. 몇 달 전, 길 위에서 심장마비로 쓰러졌다고 했다. 마침 지나가던 행인이 심폐소생술을 하지 않았으면 자신은 이 세상 사람이 아닐 거라고 했다. 그날 이후, 그는 자신이 죽지 못해 사는 사람이라고 생각하고 있었다. 당시 그는 정신과에서 받아와 매끼 먹는 약이 한 움큼이나 되었다. 몇 년 사이 그는 몰라보게 늙어 있었다. 이상을 닮았던 그의 모습은 찾아볼 수가 없었다. 이빨이 모두 빠져버려서 죽이나 미음이 아니면

살아낸 시간이 살아갈 희망이다

잘 먹지도 못했다. 의사가 치주가 죄다 무너져 내려 임플란트를 심을 수 없다고 했다는 것이다. 틀니를 꼈지만 잇몸이 너무 아파 잘 씹지 못한다고 했다.

그는 말을 하는 중간 중간 몇 번이나 죽고 싶다고 했다. 여전히 '그 악몽의 시간' 속에 머물러 있는 그를 바라보는 것이 고통스러웠다. 고대하던 해후는 기뻤지만, 내내 가슴이 아팠다. 내심 그를 도울 수 있지 않을까 하는 나의 기대는 무너졌다. 그의 절망과 비관은 화석처럼 단단히 굳어 있었다.

그 후, 몇 번 나는 죽을 만들어서 그를 찾아갔다. 하지만 그때마다 우리의 대화는 지독하다 싶을 정도로 스산하고 고통스러웠다. 그의 치명적인 상처에 나는 무력함을 느꼈다. 내가 건네는 위로의 말이 그의 심장 안에서 이내 잿더미로 타버리고 말았다.

"민근아, 난…… 속이 다 까맣게 타버렸어. 되돌릴 수가 없어. 인생은 되돌릴 수 없는 것이니까. 한 번 가면 오지 않는 것이 인생이지."

마지막 만남에서 나는 달관한 자의, 그러나 지나치게 어두운 그의 내면을 무겁게 직면해야 했다. 그것은 또한 내가 살며 가장 감명 깊게 접한 경험이었다. 그의 깊은 탄식들을 경청하며 인생의 한순간은 쏜 화살처럼 되돌릴 수 없는 것임을 다시 한 번 가슴에 새겨야 했다. 인생은 근원적으로 고통이다. 인간이 사는 한 비극은 영원한 것이었다. 나로서는 철저하게 파괴되어간 한 사람의 깊은 비관과 후회를 묵묵히 들어주는 것밖에 해줄 수 있는 게 없었다.

이후에도 그에게서 만나고 싶다는 연락이 계속 왔지만, 나는 그럴 수 없었다. 마침 부산에서 할 일이 생기는 바람에 더 이상 그를 만날 수가 없는 상황이었다. 우리의 만남이 소원해지자, 그도 더 이상 연락을 하지 않았다. 해운대 백사장에서 아이들과 산보하고 있을 때 받은 전화가 마지막이었다. 마광수는 혹 서울에 올라올 일이 있으면 자신을 찾아오라고 했지만, 나는 그 약속을 지키지 못했다. 몇 년 후, 그는 모든 고통을 혼자 짊어진 채 이 세상을 떠나고 말았다.

2001년, 나는 자주 길 위에서 쓰려졌다. 낯선 길에 쓰러진 채 대여섯 시간이 지나서야 겨우 깨어난 적도 있다. 세상의 무게가 그만큼 힘겨웠을까? 사실 나를 쓰러지게 하는 더 큰 이유는 마광수였다. 당시 내가 가장 힘들었던 점은, 사람들이 그를 혐오한다는 사실이었다. 누군가가 혐오하는 사람을 친구로 받아들이기에 당시의 내 자존감은 턱없이 가난했다. 실제로 그는 일면식도 없는 사람에게 그것도 대로변에서 갖은 욕설이나 비난을 들을 때가 많았다.

　　　　　　　　　　　　살아낸 시간이 살아갈 희망이다

"인생 똑바로 살아!"

 술 취한 사람들이 험한 말을 내뱉을 때도 있었다. 우리는 여러 번 그런 상황을 목격했다. 그때마다 나는 성난 얼굴로 그들에게 응수했지만, 그런 일이 반복될수록 나도, 그도 마음이 무너져 내렸다.

"잘 알지도 못하면서 욕만 하니 견딜 수가 없구나. 아, 아프다. 아, 참담하구나."

 어쩌면 그때부터였는지 모른다. 마광수는 점점 사람을 믿지 못했다. 그리고 마냥 피해 다녔다. 그런 그와 함께 있는 나도 고통스러웠다. 그의 끝나지 않은 고통을 대면하고 싶지 않은 마음이 컸다. 사람들이 증오하는 사람을 가까이 할 자신이 없었다. 그것이 그와 멀어진 큰 이유였다. 물론 그를 저버린 진짜 이유는 그를 돌볼 여력이 조금도 남지 않았기 때문이다. 나를 돌보는 데도 숨이 찼기 때문이다.

 그때 나는 각자의 삶은 각자의 삶임을 깨달았다. 나의 삶은 나의 삶이고, 그의 삶은 그의 삶이었다. 내가 그의 고통을 대신해 줄 수 없었다. 그의 고통은 오로지 그만의 고통이었다.

아픈 마음을 살다

잊고 싶은데도 잊히지 않은 기억들, 그것이 나를 괴롭혔다.

2001년 나는 학교에서 겪은 악몽을 모조리 씻어내고 싶었다. 병든 나의 몸과 마음을 온전히 쉬게 하고 싶었다. 나는 서둘러 서울의 어두운 자취방을 떠나 고향집 충북 음성으로 향했다. 그때는 나의 절박한 바람이 10년이나 이어질지는 미처 몰랐다. 당시 서른 남짓한 내 삶에 10년이라는 시간은 생생한 고통과 치유의 반복이었다.

힘든 시절, 나를 지탱한 것은 소로의 삶이었다. 그의 《월든》은 소음이 들끓는 도시와 떨어져 시골에서 나의 삶이 어떠해야 하는지 이정표를 알려주었다.

소로는 세상을 등지고 매사추세츠 주의 월든 호수 옆에 홀로 오두막을 짓고 살며 인간의 길을 고민했다. 그는 인간은 누구나 죽을 때까지 치욕의 흙을 한 양동이씩 집어삼켜야 하는 존재라고 했다. 치욕을 겪는 것을 두려워해서는 안 된다는 것이다. 그는 "사람들 대부분이 조용히 절망의 나날을 보내"며 살고 있고, 여기에서 벗어나는 길은 "절망의 도시를 빠져나가 절망의 숲으로 가서 밍크나 사향쥐의 용기를 목격하고 스스로를 위로하는 수밖에 없다"고 했다.

사향쥐는 덫에 걸리면 자신의 발을 물어뜯고 덫에서 빠져나온다. 영혼이 고갈되던 그때, 내게도 작은 사향쥐 같은 용기가 필요했다. 내 일부를 물어 뜯어낼, 고통을 견딜 투지가 필요했다. 그런데 나는 주춤거리고 있었다. 아무것도 포기하지 못한 채 마음을 절룩거리고 있었다. 그 당시 에픽테토스가 남긴 금언은 절룩거리던 내 마음에 큰 위로였다.

너를 모욕하는 것은 너에게 욕을 퍼붓는 사람이나 너를 때리는 사람이 아니라 모욕하고 있다고 하는, 이 사람들에 관한 너의 믿음이라는 것을 기억하라. 그러므로 누군가가 너를 화나게 할 때 너의 머릿속의 생각이 너를 화나게 하는 것임을 알라. 그래서 먼저 외적 인상에 의해 사로잡히지 않도록 노력하라. 왜냐하면 일단 시간을 벌어 늦춘다면, 너는 손쉽게 너 자신의 주인이 될 것이기 때문이다.

— 에픽테토스, 《엥케이리디온》

그의 통찰은 편안하면서도 기품이 있었다. 에픽테토스는 노예로 태어났다. 어느 날 주인에게서 모진 고문을 당해 절름발이가 되었다. 그는 고문을 당할 때도 태연하게 주인을 향해 자기 다리가 부러질 것이라고 주의를 주었다. 결국 다리가 부러지자 주인에게 "거 보십시오. 다리가 부러질 거라고 하지 않았습니까?"라고 받아쳤다. 내게도 이만한 기개가 필요했다. 하지만 내 안에는 용기도, 용서도, 용단도 없었다. 오직 용렬(庸劣)함만이 득실거렸다.

밤새 한잠도 자지 못하고 새벽을 맞는 날들이 이어졌다. 생각하면 생각할수록 내 인생이 가여웠다. 초라했다. 비참했다. 너무 화가 나 미칠 것 같았다. 어느 날은 미친개처럼 펄떡펄떡 날뛰었다. 불쌍한 어머니는 아무 죄 없이 내 미친 짓을 바라보아야 했다. 나는 고래고래 소리 높여 "다 죽여 버리겠다"는 말을 끝도 없이 내뱉었다. 몇날 며칠 그런 광기들이 내 작은 방을 질식시킬 정도로 가득 채웠다. 고함을 멈추고 눈물을 흘리고 있으면, 어머니가 들어와 흐느끼는 내 등을 조용히 두드리셨다.

"야야, 괜찮다, 괜찮다, 길이 있을끼다."

아팠고, 슬펐고, 지랄 같았다. 염산 같은 것으로 기억도, 나도, 그 악인들도 다 지워버리고 싶었다. 아니 기억하는, 미워하는, 두려워하는 나의 뇌를 녹여버리고 싶었다.

살아낸 시간이 살아갈 희망이다

나는 미쳐가고 있었다. 어느 날 거울 속에서 원수들을 죽이겠다고 식칼을 만지작거리는 나를 발견했다. 단단히 미친 것이었다. 나를 죽음보다 못한 고통에 빠뜨린 그들을 처단하라는 명령이 환청을 일으켰다. 분노가 내 육체를 마구잡이로 조종했다. 손에 식칼을 쥔 후에야 마음이 겨우 진정되었다. 수도 없이 식칼을 들었다 놓았다를 반복했다. 딱 한 번, 이 칼로 내 목의 대동맥을 찌르면 어떨까 하는 강한 충동도 느꼈다.

하지만 나는 죽을 용기도 없었다. 잔인한 일에 도전할 용기라곤 한 움큼도 없었다. 그런 비겁함조차 나는 견디기 힘들었다. 식칼을 든 내 모습을 발견할 때마다 소스라치게 놀랐다. 지옥에서 걸어 나온 저승사자의 모습, 그것이 바로 나였다.

어찌 하란 말인가? 살인자가 될 수 없었기에 결국 나는 자신을 죽이기로 결심했다. 어떤 날은 자살충동으로 마음이 후끈 달아올랐다. 정신병이 주는 신열로 녹아버릴 지경이었다. 베개는 밤마다 눈물로 흥건히 젖었고, 아무것도 하지 않고 누워 있는 날이 많았다. 2002년, 세상 모두가 월드컵으로 환호하고 있었던 그때, 나는 죽음과 삶을 저울질하고 있었다. 나 혼자만이 죽음을 꿈꾸고 있었다.

혼자만의 죽음

고향 집 근처에 호수가 있다. 백야리(白也里) 호수라는 곳이다. 나는 '목적'을 갖고서 여러 차례 그곳을 찾았다. 가족들은 내가 기력을 되찾기 위해 운동을 하러 가는 줄 알고 있었다. 그러나 나는 죽을 준비를 하고 있었다. 자살을 모의하던 숱한 밤들이 지나갔다.

치밀한 범죄자처럼 뛰어내리면 즉사할 30미터 넘는 절벽의 지점을 골라두었다. 인적이 드문 밤이 좋을 것 같았다. 나의 고소공포증도 속일 수 있고, 목격자도 피할 수 있으니까. 어느 날 밤, 드디어 나는 절벽 위에 올랐다. 현기증으로 오줌을 지릴 것 같았다. 하지만 죽어야 한다는 충동이 등을 떠밀었다. 신발을 벗고 절벽 위에 섰다. 하지만 그날도 가까스로 마음을 돌렸다.

살아낸 시간이 살아갈 희망이다

나는 남은 힘을 모두 끌어 모아 다시, 백야리 호수의 절벽에 섰다. 순간 죽음 외에는 다른 어떤 것도 생각할 수 없었다. 앞서 자살을 택한 많은 이들도 이런 심정이었을까. 죽음의 저수지에 서는 치명적인 사이렌의 목소리가 들려왔다. 고통을 끝내고 이 쪽으로 넘어오라는 달콤한 유혹이었다.

"인생 다 부질없어. 계속 이런 치욕을 당하느니 깨끗하게 마 무리하는 게 나아. 안 되는 건 안 되는 거라니까. 뛰어내리렴. 잠깐이면 모든 게 끝날 거야."

나는 신발을 벗었다. 저 아래 죽음의 지점을 응시했다. 순간 몸이 휘청거릴 정도로 세찬 바람이 불었다. 나는 움찔했다. 두려 움이 그물처럼 나를 포획했다. 나는 죽음마저 택할 용기가 없었 던 것이다. 무릎을 꿇은 채 못난 나를 원망하며 나는 내 머리를 주먹으로 수도 없이 내리쳤다.

시골로 내려온 2001년에서 2002년까지 나는 가면을 쓴 채 죽 음을 탐색하는 시간을 보냈다. 가족과 친구를 기만하고, 나 혼 자만의 죽음을 고민했다. 비록 내가 죽더라도 아무에게도 한 톨 의 피해를 주고 싶지 않았다. 하지만 내가 죽으면 적어도 몇 명 은 슬퍼하겠지. 매일 따뜻한 밥을 지어 억지로 먹이는 어머니를 떠올리면 가슴이 찢어졌다. 살아야겠다는 생각이 조금도 없었던 것은 아니었다.

어떤 날은 타나토스가 보아뱀처럼 몸을 감았다. 또 다른 날은 다시 심장을 부여잡고 이카루스처럼 날아오르고 싶었다. 나의 날개는 뱀의 똬리에 감겨 있었다. 돌이켜보면, 죽음 말고는 다른 선택이 없다는 절망에서 벗어나지 못했던 시간이었다. 그러면서 도 이제는 너무도 소중한 상처의 시간이었다.

살아낸 시간이 살아갈 희망이다

인생을 허비한 죄

끝이 보이는 삶이 있다. 단축키라도 꾹 눌러버리고 싶은 잉여의 삶 말이다. 절망이 깊을 때 삶은 한없이 작아지고 또 짧아진다. 나는 지난 삶을 끝없이 후회했다. 나의 후회는 유치찬란했다. 아버지 말을 듣고 애초부터 국문과 따위를 가지 말 걸, 연대 국문과 말고 다른 곳을 갔더라면…… 후회들이 파리 떼처럼 내 면에서 멈추지 않았다.

'나의 절망은 왜 이토록 지독한 것일까?'

그것은 마치 바벨탑의 참사 같은 것이었다. 사실 나에게는 친한 벗에게도 선뜻 말하지 못한 치졸한 욕망이 있었다. 그것은 집요하고 지독했다. 너무나 거대해 감당하기 힘든 욕심이었다. 아버지는 절대로 자기처럼 무시당하는 공장노동자 같은 직업을 갖지 말라고 했다. 모든 사람들로부터 인정받는 사람이 되라고 입버릇처럼 말했다. 나는 그 말에 수백 번 넘게 세뇌 당했다. 그것은 어느덧 내 척추와 사지를 형성하는 목표가 되었다.

군대를 제대하며 나는 아버지의 바람을 인생 마스트플랜에 새겨놓았다. 해답은 대학교수가 되는 것이었다. 연대에서 문학박사를 받고 대학에서 교수를 하는 것이었다. 나는 능히 이룰 수 있을 것만 같았다. 그렇게 된다면 나 역시 자랑스러울 것이고, 아버지는 더 자랑스러워할 것 같았다. 아버지가 내 교수실에 앉아 커피를 마시는 상상을 하면 나는 세상 어떤 것도 참을 수 있었다.

나는 실행에 들어갔다. 군대를 졸업하고부터 나는 교수가 되기 위해 도서관에 살다시피 했다. 성적 장학금을 한 번도 놓치지 않았다. 당시 도올 김용옥 선생이 연대 도서관에서 공부를 하고 있었다. 그는 한의사가 되려고 다시 수능준비를 하고 있었다. 그의 호기가 부러웠다. 들으니 부인이 연대 교수라 연대 도서관을 다니는 것이라고 했다.

모든 점이 몹시 부러웠다. 나도 부자 부모가 있었다면 북경도, 동경도, 하버드도 갔을 텐데……. 치졸하지만 그의 학식보다는 그의 학력이 더 부러웠다. 그의 여유만만에 질투가 났다. 뚜렷한 이유가 없었지만, 나는 일부러 6명이 앉는 넓은 탁자에서 공부하는 도올의 바로 옆에 앉아 책을 읽을 때가 많았다. 그런 날은 더 힘차게 책을 읽을 수 있었다. 그것은 허위와 허무였다. 하지만 그런 공허한 모습이 나를 공기인형처럼 점점 더 부풀게 했다.

나는 왜 내가 이토록 처참하게 무너졌는지 잘 알고 있었다. 그 것은 박사가 되는 길이 막혔기 때문이다. 더 이상 교수의 꿈을 꿀 수 없었기 때문이다. 나는 후회했다. 문학박사를 받겠다는 목표에, 교수가 되겠다는 목표에 내 삶을 저당 잡히지 말 것을. 그 시절 나는 수도 없이 이 말을 되뇌었다. 후회로 길고 긴 털실을 자아냈다.

나는 군대를 제대하고 5년 넘게 어두운 터널의 일상을 견뎌야 했다. 목적의 노예로 살던 시절이었다. 가난했던 나는 학비까지 벌어야 했다. 생활비도, 등록금도 내가 마련해야 했다. 그래서 신분을 속이고 대학교 3학년 때부터 보습학원에서 국어강사를 했다. 아침 7시까지 도서관에 입장해 책을 읽고 리포트를 썼다. 박사가 되기 위해 필요한 책들을 읽었다. 점심시간 누군가와 밥을 먹는 것이 거의 유일한 휴식이었다. 오후 3시까지 지친 샐러리맨처럼 기계적으로 책을 읽다가 보습학원으로 출근했다. 학원에서 돌아오면 밤 11시였다. 늦은 저녁을 먹고 잠을 잤고, 다시 아침 7시까지 도서관을 향했다.

나는 어느 후배에게 슬픈 목소리로 이는 고행이라고 했다. 나는 수도승이라고 했다. 오직 박사가 되기 위해, 교수가 되기 위해 그런 일상을 견뎠다. 벅찼고, 고됐고, 고통스러웠다. 하지만 그것은 내 아버지가 주물공장에서 쇳물을 붓는 일처럼 적어도 내가 이 지상에서 감당할 수 있는 일이었다. 싸움소처럼, 피 흘리는 투견처럼 견뎌내야 하는 일이었다.

사람들은 내가 문학을 즐겼다고 생각했을지 모른다. 하지만, 미친 소리. 사실 나는 문학을 견뎠다. 그러니 시인이 되겠다고 하는 인간이 시를 잘 쓸 수가 없었다. 그것은 한 줄 시도 낳을 수 없는 슬픈 노동이었다. 나는 이상한 사람이었다. 유럽 여행을 다녀온 친구들의 자랑이 질투나기보다는 지겨웠다. 연애하는 친구들의 연애담이 이유 없이 역겨울 때도 많았다. 나는 로봇처럼 하루하루를 살아냈다. 연애도, 유흥도, 여행도, 휴식도 내 삶에는 없는 말들이었다. 사랑하는 사람에게 사랑한다고 말하지 못하는 비겁조차 대학교수라는 꿈으로 쉽게 정당화될 수 있었다.

우울증에 걸리고 나서 나는 나의 과거를 후회했다. 나는 그 치열했던 시절을 '인생의 낭비'라고 불렀다. 어느 후배에게는 솔직히 털어놓은 적도 있다. 나는 나의 생을 가져보지 못한 것이라고. 그렇게 열심히 살지만 않았어도 그토록 절망하지 않았을 것이다. 나의 과거가 후회를 만들고, 후회가 다시 후회를 낳았다. 나는 후회의 괴물 같았다. 내게는 치명적인 죄가 있었다. 그것은 '인생을 허비한 죄'였다.

2003년 봄, 우연히 본 영화 〈빠삐용〉은 나에게 거대한 회심(回

心)의 계기가 되었다.

　주인공 빠삐용은 빠져나오지 못할 감옥으로 끌려가기 전 꿈을 꾼다. 저승의 배심원들은 빠삐용에게 '너의 죄는 인생을 낭비한 것'이라고 외친다. 빠삐용은 그 말을 순순히 인정해야 했다. 영화 〈빠삐용〉은 실화에 바탕하고 있다. 빠삐용으로 불리던 앙리 살리에르는 20세 때 살인 누명을 쓰고 투옥된다. 선고를 받고 빠삐용은 프랑스령 기아나로 이송된다. 수송선에서 위조지폐범 드가를 만나고, 숨겨둔 돈이 많은 드가를 보호해주면서 친해진다. 둘은 편한 감옥에 배정받기 위해 애쓰지만 힘든 노역장에 보내진다. 빠삐용은 드가와 함께 탈출을 시도한다. 첫 번째 탈옥은 실패하고 빠삐용은 독방에 갇힌다. 그는 벌레를 잡아먹으며 살기 위해 몸부림친다. 빛마저 차단된 독방에서 2년을 버틴 빠삐용은 겨우 그곳을 벗어날 수 있었다.

　빠삐용은 다시 탈출을 모의한다. 두 번째 탈옥도 어이없이 실패한다. 다시 독방에 보내진 빠삐용은 5년을 그곳에서 지내야 했고, 풀려났을 때 절벽으로 둘러싸인 바다 속에 상어들이 득실거리는 '악마의 섬'에 보내진다. 하지만 포기하지 않는다. 빠삐용은 다시 탈옥에 도전한다. 코코넛 포대를 절벽 아래 바다로 던지고, 그것을 타고 탈출한다는 무모한 계획을 세운다. 그는 자신의 운명을 받아들이기로 한 드가와 작별하고 낭떠러지로 몸을 던진다. 코코넛 포대 하나에 의지해 망망대해로 나아간다. 그리고 결국 염원하던 자유를 되찾는다.

마지막 장면이 끝나고 'The End' 자막이 뜨자, 나는 통곡했다. 실은 나도 자유를 갈망하고 있었던 것이다. 용기를 내 감옥에서 뛰어내리고 싶었던 것이다. 정신의 자유를 되찾고 나의 삶을 다시 창조하고만 싶었다. 그렇다. 코코넛 포대를 던지고 바다로 뛰어들겠다는 결심을 해야 했다. 절대 가라앉지 않을 코코넛 포대 하나가 필요했다.

절실했던 나에게 웨인 다이어의 《행복한 이기주의자》는 큰 힘을 주었다. 영화 〈빠삐용〉이 가져다준 생기로 가슴이 두근거리던 그때, 이 책은 살아갈 버팀목을 내 안에 만들어주었다. 나는 몇 페이지를 훑어보다가 곧 책속으로 빠져들었다. 이 책이 내게 던진 화두는 이랬다.

"남의 시선 따위에 사로잡혀 자기 삶을 망치는 것이 온당한가?"

심장을 찌르는 이 질문에 조심스럽게 나는 '그렇지 않다'고 답했다. 그러자 내 안의 뿌리가 단단해지는 충만감이 밀려들었다. 깊은 감동이 오래도록 갔다. 이 책에는 가슴을 두드리는 구절이 많다. 웨인 다이어가 소설가 헨리 제임스의 소설 《대사들》에서 인용한 대목도 그 하나이다. 《대사들》 원서를 번역해 다시 적어 보았다.

"그대가 젊다는 걸 잊지 말게나. 젊다는, 그 축복 말일세. 그것에 기뻐하며 살아야 하네. 있는 힘껏 살아가게나. 그러지 않는 건 잘못이야. 살 인생이 있다면 특별히 무얼 하든 문제가 되지 않는다네. 자기 인생을 가져보지 못했다면 도대체 무엇을 가졌다고 하겠나?"

이 귀한 물음에 내가 아직 젊다는 사실을 인정했다. 있는 힘껏 살아가라는 당부를 순순히 받아들이기로 했다. 2003년 봄이 되자, 알 수 없는 생기가 나를 휩쌌다. 그 정체를 도무지 알 길이 없었다. 나는 그 생기를 깊게 들이마셨다. 다시 한 번 잘 살아보려는 마음이 순간순간 부풀어 올랐다.

몸으로 치유한다는 것

시골생활에 익숙해지면서 나는 조금씩 마음을 추스를 수 있었다. 어느 봄날이었다. 살고 있던 동네의 자연이 비로소 눈에 들어왔다. 매화, 목련, 진달래, 철쭉, 개나리, 조팝꽃의 만개를 제대로 만끽할 수 있었다. 대지의 봄 냄새는 달콤하기까지 했다. 나도 잘 살 수 있겠다는 생각에 마음이 벅차올랐다.

하지만 그 봄이 오기 전, 나는 거의 시체나 다름없었다. 낮이고 밤이고 이불을 펴놓고 누워 지냈다. 그 당시 나는 시골에 내려오며 살이 많이 쪘다. 욕구 불만을 음식으로 풀 때가 많았던 탓이다. 서울에서 낙향한 2001년부터 2002년 중반까지 불과 1년 사이에 살이 10킬로그램 가까이 붙었다. 골방에 누워 밤새 TV를 보며 과자 같은 걸 군것질할 때가 많았다. 그러면 밀려드는 불안과 우울로부터 조금 도망칠 수 있었다. 햇빛을 거의 보지 않

살아낸 시간이 살아갈 희망이다

아 피부는 새하얗게 변했다. 가끔 목욕탕 거울에 비친 나를 보면 도살장에 걸린 허연 돼지의 살덩이 같았다. 그 모습이 보기 싫었다. 몇 해 동안 나는 거울을 잘 보지 못했다. '너는 누구냐'는 질문에 답할 수 없었기 때문이다.

겨울을 지나며 자살 같은 건 하지 않기로 단단히 결심한 후, 나는 겨우 다시 거울을 쳐다볼 수 있었다. 그러나 거울 속의 나는 여전히 내가 아닌 것 같았다. 만화에나 나오는 이상한 등장인물 같았다. 심리질환 가운데 이인증(Depersonalization)이 있다. 자기가 낯설게 느껴지고 자기로부터 자아가 분리되는 느낌을 갖게 되는 질병이다. 봄이 오면서 멍들었던 정신이 조금씩 회복되고 있었지만, 이런 느낌을 쉽게 떨칠 수 없었다.

의식이 회복되는 것에 비해 몸은 변화가 없었다. 여전히 병약한 몸은 거추장스러울 정도였다. 감기를 달고 살고, 늘 괴롭혀왔던 비염이 심해져 숨 쉬는 것조차 쉽지가 않았다. 뭔가 거대한 변화가 필요했다.

그해 봄, 막 얼음이 녹을 무렵 위층에 사는 형님과 계곡에 가재를 잡으러갔다. 농사를 지으며 가끔 트럭 운전을 하는 그 형님은 지나칠 정도로 건강했다. 건강이 아니라 강인했다. 나보다 열대여섯 살 나이가 많았지만, 내 체력은 그 형님의 발끝에도 미치지 못했다. 주제도 모르고 재미있을 것 같다며 따라나섰다가 곤혹을 치렀다. 헉헉대며 흐르는 계곡을 따라 몇 백 미터를 거슬러

올라가는 도중에 나는 발에 쥐가 나고 말았다. 형님과 형님의 동네친구는 나보고 계곡 옆에 앉아 기다리라고 했다. 두 사람은 눈에 보이지 않는 저 위까지 올라갔다가 내려오면서 잡은 가재 수십 마리를 내게 보여주었다. 과묵한 형님이었지만 돌아오며 내게 한 마디 던졌다.

"아이구, 자네 운동 좀 해야겠네."

형님과 그 친구가 일요일마다 나가는 조기축구회에 나오라고 권했지만, 평생 축구라고는 해본 적 없는 내게는 불가능한 제안이었다. 두 형님은 일요일마다 학교운동장에서 5시간 넘게 볼을 찬다고 했다.

위층 형님이 한 말이 며칠 머릿속을 맴돌았다. 뭐라도 운동을 해야겠다는 결심이 생겼다. 2003년 봄, 나는 살면서 거의 처음으로 운동 계획을 세웠다. 공부 계획이나 독서 계획은 수없이 세웠지만, 운동 계획을 세운 것은 난생 처음이었다. 그것도 무려 10 킬로미터를 매일 걷겠다는 것이었다. 몇 년 사이 약골이 된 나로서는 무리가 따르는 계획이었다. 나는 용기 내어 운동으로 내 몸에 일대 변화를 주기로 했다. 운동에 충실할 수 있다면 우울증 정도는 능히 이겨낼 수 있으리라는 믿음이 있었다. 지도를 보고 동네에서 가장 걷기 좋은 코스를 골랐다. 차도 거의 다니지 않고, 논과 밭, 숲길이 이어지는 근사한 산책길이었다.

살아낸 시간이 살아갈 희망이다

드디어 그날, 나는 난생 처음 오직 운동만을 위해 10킬로미터를 걸었다. 생각보다 훨씬 고통이 심했다. 걷기만 했을 뿐인데 온몸이 욱신거렸다. 며칠 동안 제대로 걸어 다니지도 못할 정도였다. 하지만 말로 표현하기 어려운 기분 좋은 고통이었다. 걷고 와서는 매번 녹초가 되었지만, 밤에 달디 단 잠을 오랜만에 잘 수 있게 해준 쾌적한 통증이었다. 그것은 기적 같은 일이었다. 며칠 전까지만 해도 방바닥에 누워 종일 TV만 보던 나에게 엄청난 변화였다. 처음 1-2주는 근육통에 시달리고, 물집이 생겨 다리를 절기까지 했다. 하지만 몇 주, 몇 달이 지나면서 나는 걷기를 견디는 것이 아니라, 즐길 수 있게 되었다. 어떤 날은 흥이 나서 20킬로미터 가까이 걷고 오는 경우도 있었다. 햇빛, 신선한 공기, 활력이 넘치는 몸은 내 정신까지 깨웠다. 나는 정신이 아닌 것들로 정신을 다스릴 수 있었다. 특히 가장 아끼는 숲길 코스를 걸을 때는 마치 우주적인 생기가 내 몸을 관통하는 느낌이 들었다. '나는 살아 있어' 하는 탄성이 절로 나왔다.

두 번이나 노벨상을 수상한 마리 퀴리는 말년에 백혈병에 걸려 힘겨운 여생을 보냈다. 그녀의 병은 평생을 바쳐 연구한 방사선 동위원소가 인체에 얼마나 치명적일 수 있는지를 증명하는 것이기도 했다. 그녀는 병이 깊어지자 알프스를 찾아 요양했다. 그리고 임종 직전 이런 말을 남겼다.

"나의 고통을 덜어준 것은 약이 아니라 자연과 신선한 산의 공기로구나!"

만약 내가 그 길이 아니라 도시의 강변이나 등산객이 붐비는 등산로를 걸었다면, 이토록 빨리 회복되기는 힘들었을 것이다. 그 길이 빛나는 햇빛과 함께 했기에 좀 더 빨리 치유될 수 있었다.

가을이 지날 무렵, 나의 얼굴과 팔다리는 검게 그을렸다. 어쩌다 서울에서 만난 지인들은 아프리카에서 온 사람 같다며 놀라기도 했다. 다리 근육 역시 몇 달 사이에 몰라보게 단단해졌다. 뱃속에 들어찼던 지방이 완전히 빠져나갔다. 체중은 줄었지만 온몸에 근육이 차올랐다. 몇 달이 지나 BMI를 재봤더니 지방이 거의 없고 근육이 최고 수준 이상이었다. 간혹 밭에서 곡괭이질이나 쟁기질을 할 때, 내 팔에서 강한 근력이 뿜어져 나오는 감각을 말로 설명할 길이 없었다. 그것은 최대한의 기쁨이자 자신감이었다.

살아난 몸과 함께 나의 뇌에도 생생한 정신이 돌아왔다. 가장 책을 열심히 읽던 때보다 책 읽는 속도가 2배 이상 빨라졌을 정도다. 심지어 시력까지 좋아졌다. 마치 초원의 몽골인이 된 것 같은 기분이었다. 영국철학자 로크의 말처럼 '건강한 신체에 건강한 정신이 깃든다'는 진리를 실감했다.

몸을 움직이고, 정갈한 음식을 먹으면서 정신이 차츰 강렬해

살아낸 시간이 살아갈 희망이다

지는 것을 느꼈다. 사실 33살의 나는 거의 수입이 없었다. 사회적인 지위도 없었고, 내세울 만한 직업도 없었다. 기껏 정체성이라고 해봐야 농부 견습생 정도였다. 하지만 놀랄 만큼 높은 자존감이 내면을 지배했다. 심리서적의 자존감 테스트를 여러 개 해보았는데, 한결같이 상위 몇 퍼센트에 들 정도로 높았다.

나의 자존감을 끝 간 데 없이 높인 것은 농사였다. 사실 진짜 농부에 비하면 그것은 농사라고 하기 부끄러운 일이었다. 주인집 형님이 빌려준 몇 백 평에 오이, 상추, 토마토, 옥수수, 고추, 배추, 참외 같은 걸 겨우겨우 새로 배우며 경작하는 일이었다. 평생 공장 노동을 하신 아버지도, 장사를 하신 어머니도, 나도 농사만큼은 초보였다. 거의 처음부터 다시 배워야 했다. 여생을 농사를 지으며 지내는 것이 소원이었던 아버지는 매일 매일 즐거움에 넘쳤다. 음성에 온 후 아버지는 농사에 놀랄 만큼 열성을 보였다. 2001년에는 가끔 도와달라는 부모님의 부탁을 무시할 때가 많았다. 사실 초록은 꼴도 보기 싫었다. 시골로 요양을 갔던 시인 이상처럼 그것이 초록빛 괴물로만 다가왔다. 하지만 이듬해는 완전 달랐다. 내가 적극 나서서 5일장에서 묘종도 사고, 밭에 심을 품종도 골랐다. 새벽에 가장 먼저 일어나 작물들을 살피는 것도 나였다.

치유는 몸에서 시작된다. 건강한 신체 위에 꽃피는 치유만이 온전할 수 있다. 마치 건강은 치유의 뿌리와 같아서 몸의 치유가 없다면 빛을 내기 힘들다. 행복은 건강 위에서 자란다. 세계보건기구에서 정의한 건강은 충만한 삶 그 자체이다. 세계보건기구는 "건강이란 질병이 없거나 허약하지 않을 뿐만 아니라 육체적·정신적·사회적 및 영적 안녕이 역동적이며 완전한 상태"라고 정의했다.

살아낸 시간이 살아갈 희망이다

우울증은 나를 잘라내는 일

살면서 딱 한 번, 한 자도 쓰지 못하던 때가 있었다. 2002년, 깊은 무기력이 내 손에서 연필을 떨어뜨렸다. 짧은 메모조차 쓸 수 없었다. 한 글자도 쓰고 싶지 않았다. 읽지도 쓰지도 못했다. 난독증과 쓰기 장애가 나에게 닥친 것이었다.

특히 글쓰기는 떨어지는 절벽에서 날아오르는 일만큼이나 불가능했다. 그것만 있었다면 다행이었다. 쓰지 않고 사는 인디언도 있으니까. 문제는 극한의 공포였다. 소설가 스타이런의 표현대로 발작적 두려움이 시도 때도 없이 엄습하며 녹초가 되곤 했다. 심한 우울증을 겪었다면 누구나 공감할 것이다. 우울증은 가위로 자기 존재를 잘라내는 일이다. 나는 그것이 얼마나 인간을 무력하게 하는지 잘 안다. 우울증이 무서운 이유는 개인이 가진 재능과 미래를 갉아먹기 때문이다. 무능한 자신을 시인하게 만들기 때문이다.

우울증은 문학작품에서 들먹이는 것처럼 낭만적이지 않다. 진성 우울증은 낭만보다는 지옥에 가깝다. 피터 D. 크레이머는 우울증을 낭만적으로 묘사하는 문화나 우울증을 부정하는 농담들이 우울증의 번성을 낳는다고 꼬집는다. 문학가나 예술가들은 흔히 창조와 영감의 원천으로 우울증을 꼽는다. 어리석게도 어떤 사람들은 우울증을 흠모한다. 하지만 우울증은 능력과 생명의 소진이다. 우울증의 본질은 무기력과 무능이다. 크레이머는 "우울증은 하나의 질병이며 우리가 온힘을 다해 막아야 할 질병"이라고 말한다. 우울증은 개성을 파괴하고 능력을 축소하며 정신을 전락시킨다. 더 무서운 것은 부정적 감정의 연쇄반응이 멈추질 않는다는 점이다.

스타이런의 《보이는 어둠》은 우울증을 앓고 있고 있는 사람이라면 반드시 읽어야 할 고전이다. 스타이런은 모든 것을 이룬 시점에 닥친 자신의 우울증이 유전적 원인과 충분한 애도의 결여에서 왔다고 고백한다. 그의 아버지도 우울증이 있었다. 우울증은 가족력이 강하다. 그에게는 어릴 적 경험했던 어머니의 죽음에도 원인이 있었다. 그는 어머니의 죽음과 직면하지 못했다. 열세 살이었던 그는 사별을 수용하지 못한 채 부정해야만 했다. 사랑하는 이와의 사별을 회피하려 할 때 상처는 더 깊이 각인된다.

늘 우울했던 내 아버지를 떠올릴 때, 내게도 우울증 유전자가 있을 것이 분명하다. 또, 열일곱 살 때의 우울증이나 서른 살 때의 우울증 모두 나의 현실을 받아들이지 못한 탓도 있다. 20대 내내 품어온 문학박사, 비평가, 교수가 되겠다는 꿈이 좌절된 상황을 나는 꽤 오랫동안 받아들이지 못하고 있었다. 또 다른 문제는 상처의 기억과 내가 놓인 현실이었다. 우선 나는 끊임없이 과거를 떠올리는 습관부터 고쳐야 했다. 특히 마광수를 만나고 오는 날은 한동안 멈췄던 반추가 다시 시작됐다.

우울증의 주 증상 가운데 하나가 부정적인 기억을 끊임없이 생각하는 '반추'다. 이 반추가 멈추어야 우울증은 나을 수 있다. 마광수를 만나서 힘든 이야기를 하다보면 내 안에서 어김없이 반추가 작동했다. 그와 헤어져 며칠이 지나야만 겨우 반추를 멈출 수 있었다.

사실 내가 그를 완전히 떠난 이유 역시 그 때문이었다. 그가 용서의 마음을 가졌더라면 그를 계속 만났어도 좋았을 것이다. 하지만 그는 절대 용서할 수 없었다. 그의 내면은 이미 분노로 가득 차 있었다. 그러나 나는 이제 막 나와 그를 고통의 수렁에 빠뜨렸던 '그들'을 용서하기 시작했다. 2년 넘는 용서 훈련 덕분에 용서에 이미 이골이 난 상태였다. 히틀러나 연쇄살인마조차도 용서할 수 있을 정도였다.

2003년 봄, 나는 남아 있는 온힘을 쥐어짜내 한 가지 일에 도전했다. 내려온 지 두 해가 지나도록 모른 척했던 부모님의 텃밭을 가꾸는 일이었다. 약을 치지 않은 흙속에는 지렁이들이 꿈틀거렸다. 아버지는 손자에게 먹일 것이라며 농약 한 방울 치지 않았다. 나는 고무신 사이로 들어오는 흙의 감촉을 생생히 느낄 수 있었다. 그것은 생명의 감촉이었다. 우울증으로 찌든 내 마음에 흙의 향기가 깃들기 시작했다.

나는 장갑도 끼지 않고 양말도 신지 않은 채 밭일을 할 때가 많았다. 실은 발가벗고 흙에 구르고만 싶었다. 그래야 내가 살아날 수 있을 것 같았다. 마치 식물처럼 나도 초록으로 자라고 싶었다. 그렇게 생명을 키우는 기쁨을 조금씩 알아갔다.

앞집에는 초등학교도 나오지 않은 88세의 농부가 살았다. 그는 평생 농사만 지었다. 할아버지는 나를 보면 자주 웃었다. 그에게 꾸뻑 인사할 때마다 나는 거대한 나무에 인사하는 것 같았다. 할아버지는 의기양양했다. 자기 생에 아무 부끄러움이 없는 듯 보였다. 본받아야 할 사람은 헛기침이나 하던 비겁한 교수들이 아니라 저 나이 든 농부였다. 할아버지의 농사일에는 한 치의 흐트러짐도 없었다. 교향악처럼 조화롭고 균형감이 넘쳤다. 그가 키운 것들은 그를 닮아 태양 앞에서도 떳떳했다. 그것은 자기 안에서 자연스레 샘솟는 의기였다. 그 의기가 매번 부러웠다. 진실로 살아 있다면, 지상에서 저렇게 필요한 일을 하고 있다면 아무 부끄러움도 없을 것이다.

살아낸 시간이 살아갈 희망이다

그 당시 나는 무엇이 부끄러웠던 걸까? 자존감 같은 단어로는 설명되지 않는 감정이었다. 내가 개미보다 못한 존재로 느껴졌다. 작은 개미조차 자신의 분명한 길과 일이 있었으니 그에 비해 나는 초라한 모습이었다. 그것은 아직 내가 이 지상에서 필요한 일을 찾지 못해서였을 거다.

무겁게 짓누르던 부끄러움을 집어던지고, 나는 드디어 근처 읍내도서관에 다니기 시작했다. 거의 매일 도서관을 찾았다. 도서관에는 나를 채워줄 책들이 줄 지어 기다리고 있었다. 나를 치유하기 위해 기다리고 있던 책들이 내 앞에 펼쳐져 있었다. 모든 책들이 이제야 왔느냐며 나에게 미소를 지어보였다. 나는 이 순간이 마지막인 것처럼 읽고 또 읽었다. 책 속에서 내 막다른 인생을 고민하고 또 고민했다. 대신에 우울을 자극하는 책은 한 줄도 보지 않았다. 펴보지도 않았다. 한국소설, 한국시, 쓸데없는 비평서들은 박스에 담아 창고에 처박았다. 이상이나 기형도, 장정일은 내 책꽂이에서 사라졌다. 상처와 고통은 어쩔 수 없다고 말하는 비관론자들의 책은 상종하기 싫었다. 나의 눈은 점점 날카로워졌다. 정리하고 보니, 내가 가진 책들 중에 몇 십 권도 남지 않았다. 나는 이토록 허망한 책들을 그토록 열심히 읽어왔던 것이다.

매일 순교자가 신의 섭리를 깨치듯 치유서들을 하나씩 읽어나갔다. 몇 년간 그렇게 많은 치유의 책을 영접했다. 책들이 내 정신을 새롭게 설계했고, 다시 삶을 꿈꾸게 했다. 가끔 서울에 올라갈 때면, 새로 나온 치유서들을 샀다. 누구도 만나지 않고 다만 책을 사서 돌아올 때도 많았다. 나의 책꽂이에는 치유서들이 채워지기 시작했다. 책들이 채워질수록 내 정신도 점점 정밀해졌다.

'치유하라, 회복하라, 성장하라.'

나에게 명하는 책들이 나의 든든한 배후가 되었다. 하나같이 조지 베일런트의 저서들처럼 비전으로 가득 찬 책이었다. 책이 전한 비전을 하나씩 펼쳐 그것에 나를 복종시켰다. 깊은 자성은 나를 다른 사람으로 만들어갔다.

빨강머리 앤의 긍정

누구에게도 사실대로 말하기 어려운 경험이 있다. 사실 최근까지도 나에게 이런 고백이 쉽지 않았다. 우울증을 극복하기 위해 내가 가장 기댔던 책을 말하라면, 애니메이션 〈빨강머리 앤〉이었다고 실토해야 할 것이다. 그렇게 말하는 것이 가장 솔직하다. 나는 애니메이션 〈빨강머리 앤〉을 보면서 순진한 소녀처럼 내내 설레고 행복했다.

할 일이 많지 않던 2003년 시절, 나는 TV를 보며 시간을 보내는 때가 많았다. 그 당시 한 만화 케이블방송에서 〈빨강머리 앤〉을 방영했었다. 나는 누구보다도 그 방송을 열렬히 시청하게 되었다. 마치 다시 초등학생이라도 된 것처럼 꼬박꼬박 매회를 챙겨봤다. 50회가 다 끝났을 때는 형언 못할 벅찬 감동까지 느꼈다. 〈빨강머리 앤〉은 내게 정말로 생기발랄한 치유를 가져다주었다. 그 후 나는 몽고메리 여사가 지은 앤의 연작소설들,《에이번리의 앤》《레드먼드의 앤》도 챙겨보았다. 캐나다에서 실제 소설의 배경을 바탕으로 제작된 동명의 드라마도 열심히 시청하는 열혈 팬이었다.

일본의 뇌과학자 모기 겐이치로도 나와 비슷한 경험을 털어놓은 적이 있다. 마흔이 넘어 발표한 자신의 책《행복해지는 방법》에서 그는 자신이 지금껏 능동적인 삶을 살 수 있기까지 소설《빨강머리 앤》의 힘이 컸다고 고백했다. 그는《빨강머리 앤》이 자신에게 '운명의 한 권'이었다고 말했다. 그 역시 이런 고백을 하는 것이 쉽지 않았다면서. 겐이치로는 이 책을 통해 행복의 길을 발견했다고 했다. 그는 앤이 우리에게 가르치는 것은 삶에 대한 능동적 이해라며 이렇게 말했다.

"그러나 아무리 눈앞에 펼쳐진 길이 좁더라도, 그 길가에는 조용하고 행복한 꽃들이 흐드러지게 피어 있다는 것을 앤은 알고 있다."

독서치료를 공부하면서 나는 이 책이 왜 치유적인지 더 잘 알게 되었다. 독서치료에 관해 가장 신뢰할 만한 책《비블리오테라피》에는《빨강머리 앤》의 치유력을 잘 소개하고 있다. 저자 조셉 골드는 "몽고메리는 아주 다양하고 놀라운 방식으로 여성독자들에게 힘과 성원을 보내고 생존방법을 알려주었다. 어떻게 이 책은 그토록 놀라운 영향력을 발휘하게 되었을까. 여자와 아이들에게 온갖 억압적 규칙을 적용하던 시절(그러니 여자아이는 더더욱 '무시당하던' 시절), 앤은 여성의 강한 생명력을 보여준 모델이었다. 앤은 반항아이자 시인, 생존의 모델"이었다고 말한다. 골드는 앤이 가지고 있는 "판타지를 상상할 수 있는 능력"이야말로 최고의 미덕이라고 말한다. 앤의 "고정적인 생활의 논리를 파괴하는 꿈꾸기 능력은 창조력의 한 부분"이며 인간의 생존에 있어 필수적인 능력이자 존재방식이라는 것이다. 우울증을 겪으며 나는 상상력이 고갈되었다. 더 이상 소설도, 시도 쓰지 않았다. 글을 쓰지 않으니 책을 읽을 이유도 사라지고 말았다. 이런 나에게 헬렌 켈러의 충고가 필요했다.

"얼굴이 계속 햇빛을 향하게 하라. 그러면 그림자를 볼 수 없을 것이다."

앤이 보여준 삶의 자세는 이런 것이었다. 앤 덕분에 나는 다시 희망을 품었다. 나의 소명과 미래를 상상하게 되었다. 생활의 의욕을 되찾을 수 있었다. 나는 앤 덕분에 충실한 삶을 살자고 다짐했다.

지금도 나는 지치고 힘들 때면 《빨강머리 앤》의 마지막 부분을 다시 읽는다. 이 장면은 나에게 생기를 불러일으킨다. 매튜가 심장마비로 사망하고 마릴라 역시 점점 눈이 멀어가고 있었다. 그래서 앤은 상급학교에 진학하는 것을 포기하지만, 그것은 운명에 굴복하는 것이 아니었다. 그것은 자신의 운명을 새로이 선택하는 일이었다. 그날은 길버트와의 묵은 오해도 풀 수 있었다. 성숙해진 앤은 용서가 힘들지 않은 사람이 되었다.

"앤의 꿈이 이루어질 길은 퀸 학교에서 돌아온 날 밤에 이미 가로막혔습니다. 하지만 길은 좁아졌어도 그 길에는 조용한 행복의 꽃들이 가득 피어 있다는 것을 앤은 알고 있었습니다. 선생님이 되는 것과 큰 희망과 두터운 우정이 이제 앤의 것이었기 때문입니다. 그리고 그 어떤 것도 앤이 가지고 있는 상상력과 꿈의 세계를 방해할 수 없었습니다. 하지만 세상을 살아가다 보면 많은 모퉁이를 만나게 되기 마련입니다. '하느님이 하늘에 계시니까 두려운 것은 없어.' 앤은 조용히 속삭였습니다."

삶의 난관에 부딪혔을 때, 우리는 막힌 길만을 보아서는 안 된다. 나는 박사 진학이 좌절된 것을 곱씹으며 한동안 몹시 슬퍼했다. 앤도 슬프지 않았던 것은 아닐 것이다. 하지만 앤은 운명에 굴복하지 않고 생의 밝은 면을 보려고 마음을 다잡는다. 나는 앤에 동일시되며 이 대목에서 매번 큰 위로를 받는다. 끊임없이 성장하는 앤의 모습은 나에게 최고의 치유로 다가온다.

살아낸 시간이 살아갈 희망이다

치유는 한편으로 성장이다. 우리는 상처의 치유에만 머물려서는 안 된다. 그것만으로 진정한 치유라고 말할 수 없다. 앤의 삶에는 항상 치유와 성장이 공존한다. 사실 앤에게 치유는 성장이고, 성장하는 삶이 가장 이상적인 치유였다.

죽음은 삶을 가르친다

그것은 내 인생 최대의 역경이었다.

2009년 어느 초여름 날, 갑자기 아버지가 뇌출혈로 쓰러졌다. 아버지는 오랜만에 부산 고향 친구들을 만나서 버거운 술을 마신 후 집으로 돌아오셨다. 아버지는 며칠 술병을 앓으셨다. 그런데도 아버지는 쉬지 않으시고 또 일을 계속하셨다. 어느 날, 그 고집스런 성격에 30도가 넘는 땡볕에도 나가 몇 시간이나 풀베기 작업을 하셨다. 그것이 화근이었다. 잡초가 자라 작물을 덮은 꼴을 아버지는 그냥 넘기지 못하는 성미였다. 그날 밤, 뒷마당에 바람을 쐬러 나갔던 아버지는 뇌출혈로 쓰러지셨다. 그 시간 나도, 어머니도, 아내도 까마득히 모른 채 잠에 깊이 빠져 있었다. 의사 말로는 아버지가 초저녁부터 두통이 심했을 것이라고 했다.

동틀 무렵, 아버지가 곁에 없어 찾아다니던 어머니가 뒷마당

살아낸 시간이 살아갈 희망이다

에 쓰러져 있는 아버지를 발견했다. 하지만 골든타임이 지난 후였다. 읍내 병원 의사는 자기 의술로는 안 되니 큰 병원으로 옮기라고 했다. CT로 찍은 아버지의 뇌 중심에 커다란 출혈이 보였다. 이미 불가능한 상황이었지만, 나는 아버지가 의식을 되찾았을 때 벌어질 비참한 일들을 떠올렸다. 의사는 일어나실 가능성이 희박하지만, 만약 지금 깨어나도 사지를 쓰기는 힘들 거라고 했다. 나는 숙고했다. 만약 아버지가 기사회생하셔서 반신불구로 주변 사람에게 수발을 받는 일을 당신이 바라실까? 적어도 내 아버지는 원치 않았을 것이다. 아버지는 주변 사람에게 죽어도 폐를 끼치지 않는 성미였다. 나는 입술을 깨물며 생각했다. '아버지에게 깨끗한 임종을 드려야 한다.' 아버지를 너무 잘 아는 아들이 내릴 수밖에 없는, 단 하나의 선택이었다.

나는 이듬해가 다 지날 때까지 아버지의 '죽음'에 갇혀 지냈다. 슬픔과 두려움이 시도 때도 없이 밀려들었다. 선반에 놓인 아버지의 소주잔만 봐도 눈물이 쏟아졌다. 집안 곳곳에 아버지를 떠올리는 흔적뿐이었다. 정돈된 농사기구, 밭이랑, 쌓아둔 장작…….

아버지는 내일 할 일들을 모두 준비해놓았지만, 그 다음 날을 보지 못했다. 이미 떠난 아버지의 죽음이 몹시 나를 두렵게 했다. 나는 두려움에 한없이 떠는 어린아이 같았다. 슬픔은 더 혹독했다. 의연하려 애썼으나 슬픔은 시시때때로 차올라 목 놓아 울 때가 많았다. 슬픔을 형언하기 어려웠다. 죽음은 피할 수 없이 맞는 깊은 충격이었다. 슬픔마저 압도하고 언어마저 초월하는 일이었다. 40이 다 된 나는 불혹(不惑)할 수가 없었다. 사시나무처럼 개울가 갈대처럼 한없이 흔들렸다. 나는 퍼즐을 맞추는 아이처럼 내가 지탱하고 있는 목숨과 삶에 대해 일일이 따져 물어야 했다.

아버지의 죽음을 성찰하고 있을 때, 내게 죽음을 온전히 가르친 귀한 책들 중 하나는 《죽음과 죽어감》이다. 의사였던 저자 엘리자베스 퀴블러 로스는 죽어가는 말기 환자들 곁을 지키며 죽음을 맞는 이들의 내면을 탐구했다.

《죽음과 죽어감》이 나오기까지 서양의학에서 죽어가는 사람은 하찮은 병자나 약자로 취급받았다. 퀴블러 로스는 죽어가는 자의 존엄을 복권했다. 그녀는 인간은 제대로 죽을 때, 자기 삶을 비로소 완성하는 것이라고 말했다. 사람들은 그녀를 '죽음의 여의사'라고 불렀지만, 그녀의 소명은 죽음을 통해 삶의 의미를 밝히는 것이었다. 그녀는 오랜 관찰을 통해 죽음에 가까운 인간이 몇 가지 순서를 밟으며 죽음을 받아들인다는 사실을 깨달았다. 그녀에 따르면 인간은 죽음에 직면했을 때, 다섯 가지 반응을 보인다. 이는 죽는 당사자는 물론, 죽는 이의 주변 사람에게서도 나타나는 감정과 생각이다.

죽음에 직면한 사람이 보이는 첫 번째 반응은 '부정'이다. 죽음을 맞은 사람은 자신의 죽음을 믿을 수 없다며, 자신만은 이 불행에서 벗어날 것이라며 현실을 부정한다. 두 번째 단계는 분노이다. 죽음을 맞이할 때, 사람들은 왜 하필 자신에게 이런 일이 닥쳤는지 의심하며 신을 원망하고 운명을 저주한다. 세 번째는 타협의 단계이다. 이는 자신의 죽음을 떠올리지 않기 위해 일부러 망각하고 외면하는 모습이다. 죽음과 직면하기를 거부하는 것이다. 네 번째 단계는 우울이다. 더 이상 자신의 죽음을 부인할 수 없을 때, 심한 우울감에 빠지는 것이다. 마지막 단계는 '수용'이다. 죽음을 자신의 운명으로 받아들이고 죽음에 순순히 임하는 것이다.

퀴블러 로스는 죽음을 수용하는 것의 중요성을 다음과 같이 적고 있다.

"우리는 차갑고 경직된 사회가 아닌, 죽음과 죽어감에 관한 질문에 대답할 수 있는 사회, 그런 대화를 격려하는 사회를 만들어서 사람들이 죽는 그날까지 보다 덜 두려워하며 살 수 있도록 도와주어야 한다. 한 학생은 우리 세미나의 가장 놀라운 점은, 죽음 자체에 대해서는 거의 얘기하지 않았다는 사실이라고 짚었다. '죽음이란 죽어감이 끝나는 순간'이라고 몽테뉴가 말했던가? 우리는 환자들로부터 죽음 자체가 문제가 아니라 그에 따르는 절망감, 무력감, 소외감으로 인해 죽어감을 두려워하는 것이 문제임을 깨닫게 되었다. 세미나에 참석해서 그런 것들에 대해 생각해본 사람들은 자신들의 감정을 자유롭게 표현할 수 있었고, 생각의 변화를 체험했으며, 환자들을 보다 편안하게 대할 수 있게 된 것은 물론, 그들 자신의 죽음의 가능성에 대해서도 보다 편안한 생각을 갖게 되었다."

퀴블러 로스의 이론에 대해 반대하는 사람들도 있다. 모든 사람이 이런 과정을 밟는 것도 아니며, 또 꼭 이 순서대로 반응이 일어나는 것도 아니라고 주장한다. 하지만 내 경우에는 들어맞았다. 꼭 이 순서대로 아버지의 죽음을 수용했다. 물론 나의 경우에는 자책이나 후회, 절망감, 연민 같은 부차적인 감정들의 계곡도 넘고 또 넘어야만 했다.

우리는 죽음을 알 수 없다. 살아 있을 때 죽음은 내게 없고, 죽은 후 나는 죽음을 이야기할 수 없다. 그러니 유한한 존재에게 남는 것은 생(生)뿐이다. 그렇다면 살아서 무엇을 해야 할까? 아버지의 부재는 내게 그것을 가르쳤다. 내가 아홉 살쯤, 사업이 망하고 집이 어려워졌을 때, 아버지는 도시락을 싸서 근처 바닷가로 삼형제를 데려갔다. 한나절 잡은 고둥을 냄비에 끓여주시며 그 맛을 알려주었다. 나는 그 맛을 지금도 잊지 못한다. 그것은 삶의 맛, 아버지의 맛이었다. 비록 내일 지구가 사라진다 해도 오늘 주어진 이 삶을 생생하게 맛보아야 한다. 꽃을 심고, 사랑을 나누고, 정다운 눈빛을 교환하고, 마음을 나눈 이들과 함께 따뜻한 한 끼를 먹어야 하는 것이다. 아버지가 돌아가신 후에야 비로소 깨달았다. 고통 속에서도 오늘을 오늘답게 사는 법을 삼 형제에게 가르친 그 뜻을.

치유의 반은 가족

나는 선한 아버지, 선한 어머니를 두었다. 두 분 모두 남의 돈은 단 한 푼도 거짓으로 얻지 않으며 살았다. 그리고 평생 자식에게 아낌없이 내어주는 삶을 살았다. 만약 내가 마음을 다치고 가족이 사는 음성으로 내려오지 않았다면, 온전히 치유되기 어려웠을 것이다. 내가 얻은 치유의 반은 가족이 준 것이었다.

음성에서 일곱 식구가 모여 살며 가족에 대해 생각할 때가 많았다. 아버지, 어머니, 형네 부부, 조카 둘과 살며 가족이란 무엇일까 진지하게 고민했다. 세상과 떨어지니 좋아했던 사람이나 존경했던 사람은 더 이상 중요하지 않았다. 가끔 다투고 미워하더라도 함께 밥을 먹고 말을 나누는 식구들이 더 소중했다. 지고의 치유란 식구(食口)가 서로 말을 나누며 밥을 먹는 시간이 아닐까 생각했다.

살아낸 시간이 살아갈 희망이다

가장 소중한 사람을 새로 갖는 것, 그것이 결혼과 출산이다. 사실 오래전부터 나는 결혼에 대해서만은 자신이 없었다. 나 하나의 생도 버거웠던 탓이다. 우울과 불안과 겨루며 나는 독신으로 살겠다는 생각이 굳어졌다. 아내가 생기고 아이까지 생기는 책임이 얼마나 어마어마한 일인지 잘 알았기 때문이다. 내게 결혼은 엄정한 책임감, 아니 자기 자신을 초월하려는 무한한 노력에 가까운 일이었다.

철학자 헤겔은 가족을 인간성을 획득하는 문턱이라 했다. 인간성이란 공동체에서 개인이 자기극복을 달성하는 것을 뜻한다. 헤겔에 따르면 가족은 계약에 의해 만들어지는 어떤 것이 아니라, 인간이 이룰 수 있는 '생생한 정신'의 표현이다. 가족을 이루는 일은 한 주체가 '실체적 자기의식'을 쟁취하는 과정이다. 헤겔은 결혼이나 양육이 마치 구속처럼 보일 수 있으나, 사실은 '진정한 해방'을 얻는 지복이라 했다. 진정한 자기를 찾는 과정인 것이다.

내 어머니가 산 증인이었다. 60이 넘은 몸으로 우울증으로 몸져누운 아들에게 더운밥을 챙겨 먹이는 어머니를 바라보며, 나는 좋은 부모가 되기는 참 어렵겠다고 생각했다. 저만한 사랑과 헌신은 쉬운 일이 아니었기 때문이다. 나 하나의 생이라도 제대로 책임지고 산다면 다행일 거라고 생각했다. 아니, 나 하나의 생을 책임 있게 살아가기를 소망했다. 하지만 그런 체념이 짙어지는 가운데도 곁에 소중한 사람, 내가 평생 아낄 가족이 생긴다면 어떨까 하는 바람을 가져보지 않았던 것은 아니다.

하지만 당시 나로서는 지나친 욕심이었다. 현실성이 없는 상상이었다. 그즈음 나는 믿을 만한 독서치료사가 되어야겠다고 결심했다. 소망하는 일을 이루자면 10년 정도는 걸릴 거라고 생각했다. 나 혼자라면 어떻게든 이겨내겠지만, 결혼을 한다면 쉽지 않을 거라는 걱정이 들었다.

그런 이유들 때문에 어머니의 지인들이 주선하는 선 자리에 나설 염치가 없었다. 선 자리 제안이 올 때마다 항상 상대에게 내가 지금 직업이 없다는 말을 했느냐고 물었다. 염치라기보다는 선 자리에 나온 상대가 무슨 일을 하느냐고 묻는 것에 답하기 곤란해서였다. 또 선 자리까지 괜히 나오게 고생시키는 것이 싫어서였다. 그래서 선을 보라는 부모의 청을 번번이 거절했다.

그런데 독신주의를 결심한 나의 결혼에 대한 생각을 송두리째 흔든 책이 있었다. 바로 《아름다운 삶, 사랑 그리고 마무리》였다. 부부인 스콧 니어링과 헬렌 니어링이 쓴 다른 책들까지 모조리 읽으며, 어쩌면 부족한 나를 채워줄 한 사람이 나타나지 않을까 하는 기대를 갖게 되었다.

2005년 겨울, 그 막연한 기대가 현실로 다가왔다. 내 인생에 가장 소중한 한 사람, 지금의 아내를 만난 것이다. 아내를 만난 것은 내게 기적 같은 일이다. 아내를 생각하면 인생은 여러 번의 기적을 거쳐 완성되는 여정임을 실감한다. 니어링 부부에서 받은 감동을 주체하지 못할 즈음, 맞선이 들어왔다. 나는 전처럼 상대편에게 내 처지를 알려주었는지, 그래도 만나겠다는 것인지 물어봤다. 그런데 상대 쪽에서 아무 상관없다고 했다는 것이다. 어머니와 장모님은 오랜 친구였고, 나의 현재 처지가 과히 좋지 않은 것을 알았지만, 나의 됨됨이를 보고 선을 주선했다. 무엇보다도 아내가 흔쾌히 나를 만나겠다고 응낙을 했다. 그런데 사실 그녀와 나는 이미 오래전에 인연이 있었다.

우리가 다시 만나기 딱 10년 전, 여러 달 과외를 해주었던 소녀가 지금의 아내다. 그녀는 당시 고3 수험생이었고, 나는 막 군대를 제대하고 복학을 준비하고 있었다. 누구라도 반할 만큼 예쁜 소녀였지만, 나는 선생으로서 직분을 지키려고 했다. 주변에서 조금도 오해를 사고 싶지 않았다. 그래서 방문을 열어놓고 과외 수업을 하기도 했다. 같은 시기 과외를 해준 중학교 1학년 여학생 두 명에게는 시내에서 만나 영화도 보여주고, 피자도 사주었지만, 그녀에게만은 그것이 쉽지 않았다. 고3이어서 바쁜 것도 있었지만, 이제 대학생이 될 그녀와 영화를 보러가는 일은 왠지 부담스러웠다. 그 후로도 따로 연락을 하거나 한 일이 없었다.

그리고 딱 10년 만에 그녀를 다시 만난 것이다. 열아홉 소녀가 숙녀가 되어 눈앞에 나타났다. 그녀는 항상 우리가 다시 만나는 것을 기대했다며, 당시 내가 해줬던 수업을 소중한 추억으로 간직하고 있었다. 그녀에게 나는 어설프지만 좋은 인생 선배였다고 했다. 특히 윤동주의 시들을 가르쳐주며 그 뜻을 알려준 것은 똑똑하게 기억하고 있었다.

나는 첫 만남에서 마치 다짐이라도 받듯 다시 한 번 아직 내게는 재산도 없고, 딱히 수입이 생기는 직업도 지금은 없다고 고백하며 그래도 괜찮은지 물었다. 그녀는 즉답을 피하며 그런 것은 차차 만들면 되고, 자신은 내가 현명한 사람이라면 괜찮다고 했다. 그런 것이라면 얼마든지 자신이 있었다. 그녀를 위해 얼마든지 더 현명해질 수 있다고 다짐했다. 그 무엇도 아닌, 우리 두 사람이 지혜의 결합이 된다는 사실이 나를 가슴 뛰게 했다. 나와 아내는 정말 뜨겁게 사랑했고, 서로의 사랑을 믿었다. 비록 앞날이 안개 숲 같았지만, 서로의 미래를 굳게 약속했다. 그렇게 나는 얼마 지나지 않아 그녀와 깊은 사랑에 빠졌고, 또 얼마 지나지 않아 결혼을 결심했다.

결혼 후 아내는 내 고집에 따라 괜찮은 직장도, 도시의 삶도 버리며 곤궁한 시골 아낙네의 삶을 살아야 했다. 나는 그녀에게서 진정한 사랑을 배웠다. 내가 했던 예전의 연애들은 진정한 사랑과는 거리가 멀었을 것이다. 변명과 회피로 일관한 것들이었기 때문이다. 진정한 사랑은 용기이고 도전이다. 아내가 나보다 사랑에 대해 더 알고 있는 진실도 그것이었다.

현실의 사랑들은 변명의 덫에 허우적거릴 때가 많다. 진짜 사랑은 변명하기보다는 실천하는 것이다. 지혜가 있기에 사랑하는 것이 아니라 사랑하면서 지혜를 얻어나가는 것이다. 결혼과 약속을 예찬했던, 작고한 사상가 크리스티안 생제르는 사랑에 대한 결심과 용기를 이렇게 북돋는다.

"선택권을 가진다는 환상은 우스꽝스럽다. 무수히 날아온 꽃가루들 중에 마침 거기 떨어진 하나만 열매를 맺는다. 기적은 '거기 떨어졌다'는 것이다. 시간과 공간의 미궁 속에서 한 남자와 한 여자가 만났다는 것이 이미 기적인 것처럼. 이리저리 살랑대며 흘러가는, 저 붙들 수 없는 인생은 성실하게 제 할 일을 한다. 주저 없이 선택을 감행하고, 짚더미 속 바늘 찾기처럼 힘든 일을 해낸다. (……) 진정한 모험, 진정한 도전은 약속의 회피가 아니라 감행이다."

사랑은 용기 있는 자의 것이다. 비겁한 자의 사랑은 거짓이다. 나도 그렇게 무모하게 사랑을 시작했고, 그 조건 없는 사랑이 많은 것을 이루는 것을 똑똑히 목격했다. 사랑은 나에게 인생의 선물을 선사했다. 경이롭게도 나는 한 여자의 남편이자, 두 아이의 아버지가 되었다. 그것은 내가 인생에서 받은 모든 상처를 극복하는 치유의 서막이 되었다.

운명의 바람소리

문학을 포기하고 시골집으로 내려온 나는 새롭게 거듭나기 위해 할 일이 있었다. 바로 마광수를 떠나는 일이었다. 나는 15년 가까이 그와 함께였다. 그것은 비참하도록 아름다운 시간들이었다. 가치 있으면서도 치명적이었다. 상처와 치유가, 성장과 퇴행이 공존하는 시간이었다. 하지만 이제 그를 내 마음에서, 내 삶에서 떠나보내야 했다. 나는 치유의 시간을 걸으며, 그가 내 인생에서 멀어질 것을 예감했다. 만남도, 우정도 영원할 수 없음을 아프게 깨달았다. 시간과 공간이 서로를 갈라놓을 것이기에, 각자의 운명이 다른 길로 뻗어 있기에. 우주의 기운이 우리를 만나게 했지만, 어느 날 서로의 길은 서로 다른 곳으로 뚫려 있었다.

시골집에 내려온 후 나는 내적 치유를 향해 온힘을 다해 걸었다. 그리고 서울로 친구나 마광수를 만나러 가는 일은 중단했다.

나는 고독해지고 싶었다. 견고한 고독 속에서 오직 나 하나만 대면하고 싶었다. 치유를 위해 내게는 단독자의 시간이 필요했다.

그 당시 나는 매일 영화를 보았다. 내 방에 놓인 작은 TV로 많은 영화를 감상하며 인생을 다시 배워나갔다. 영화도 책 읽는 것만큼 치유에 큰 도움이 되었다. 나는 영화의 감동을 일기에 옮겼다. 500편은 족히 될 것이다. 반드시 뛰어난 감독의 명화만이 치유의 언어를 건네는 것은 아니었다. 〈빨간머리 앤〉 같은 애니메이션이, 〈빠삐용〉이나 〈스탠 바이 미〉 같은 오래된 영화가 그을린 마음을 치유해주기도 했다. 가족과 함께 감상한 〈니모를 찾아서〉나 〈월 E〉 같은 애니메이션이 둔중한 깨달음을 줄 때도 있었다. 특히 톰 행크스 주연의 〈포레스트 검프〉에 나오는 한 대사는 내 마음을 오래도록 사로잡았다. 힘겨운 삶을 산 제니는 불치병으로 죽어간다. 그녀의 삶은 회복되기 힘든 것이었다. 죽은 제니의 무덤 앞에서 검프는 말한다.

"우리는 저마다 운명이 있는 것인지, 아니면 그냥 바람에 떠도는 건지 모르겠어. 내 생각엔 둘 다 동시에 일어나는 것 같아."

검프는 혼란한 생각이 정리될 때까지 전국을 쉬지 않고 달린다. 나는 이 장면에 매료되었다. 나도 지난 인연들을 떠나보내며 바람처럼 운명의 한가운데를 가로질러 보기로 했다. 검프처럼 뛰지는 않았지만, 거의 매주 시외버스를 타고 전국을 돌아다녔다. 전국의 100개 사찰을 정하고 한 군데씩 찾아 기도를 올리기도 했다. 매주 처음 가보는 고장에 내려 운명의 바람소리를 들었다.

새로운 곳을 방문한다는 목적이나 결과는 중요하지 않았다. 그저 내가 살아서 걷고 있다는 사실 자체가 소중했다. 내가 걷고 있는 지금 이 순간에 집중했다. 2년 가까이 나는 걷기에 중독되어 있었다. 여행 책자를 뒤지며 멋진 걷기 코스를 찾고, 또 걷기를 반복했다. 2년 가까이 거의 한 주도 거르지 않고 이를 실천했다.

섬진강이나 해남 땅끝마을, 보성의 녹차밭, 전주의 한옥마을, 오대산 길, 셀 수 없이 많은 길들을 걷고 또 걸었다. 여러 번 찾았던 곳도 많았다. 기차를 타고 정동진역에 내려 버스를 타면 심곡(深谷)이란 작은 항구에 다다른다. 오래전 친구가 알려준 곳이었다. 심곡항에서 해안도로를 따라 옥계해안, 묵호항까지 걷는 길은 내가 가장 사랑했던 코스였다. 나는 그 길을 혼자서 걸었다. 하늘과 바다, 대지 한가운데 한 점 존재, 인간으로 서 있는 나를 오롯이 느낄 수 있는 공간이었다.

우리는 모두 죽음으로 천천히 걸어가고 있다. 인간의 본질은 죽어감이다. 언젠가는 우주의 작은 먼지로 영영 사라질 것이다. 불완전성, 유한성, 죽음은 나를 오랫동안 두렵게 했던 말들이다. 하지만 나는 걷고 또 걸으며 그 단어들에 차츰 편안해질 수 있었다. 불완전하니, 누군가를 사랑할 수 있는 것이다. 유한하니, 가치 있는 것을 추구할 수 있는 것이다. 죽음이 있으니, 삶에 충실할 수 있는 것이다. 이 삶의 진실을 내 안에서 조금씩 받아들이고 있었다.

걷기가 선사하는 절대고독 속에서 내게 남은 길을 열렬히 상상했다. 걷고 상상하며 나는 이 우주에서 유일무이한 존재인 '나'를 다시 세워나갔다. 어느 순간, 나는 내 앞에 놓인 길에 흥분했다.

'다시는 멈추지 않으리라.'
'다시는 뒤돌아보지 않으리라.'

그러는 사이 나를 묶고 있던 과거의 사슬들이 하나씩 '쨍' 소리를 내며 끊어져나갔다. 마광수가 묶고 있던 과거는 가장 크고 무거웠던 사슬이었다. 마치 어른이 된 아이가 부모를 떠나듯 나는 마광수를 떠났다. 그의 정신에서 서서히 나를 떨어뜨렸다. 한편으로는 안타까웠고, 한편으로는 미안했다. 하지만 마음이 가벼웠다. 나는 서서히 그의 세계에서 떠날 수 있었다.

3장

나쁜 사람은 없다,
아픈 사람이 있을 뿐

소명

좋은 삶이란 무엇인가?

나는 '나'를 만났다. 시간에 떠돌던 나를 '삶'에 안착시켰다. 비로소 나와 삶이 만난 것이다. 아픈 과거 덕분에 이제야 있어야 할 자리에 있을 수 있었다. 그때가 서른 중반이었다. 나는 인생을 정말 잘 살아보고 싶었다. 인생을 잘 사는 것, 그것이 나의 최고의 일이었다.

성공한 치유에는 언제나 좋은 사람들이 있다. 치유는 만남으로 이어진다. 시골에서 만난 사람들은 나를 죽음까지 끌고 갔던 도시의 그들과는 너무나 달랐다. 이들은 선함을 잃지 않은 사람들이었다. 비로소 나는 사람을 알아보는 눈이 생겼다.

내가 만난 선한 한 사람이 있다. 딸아이가 아장아장 걷기 시작할 무렵, 나는 한 사람과 친밀해졌다. 도시를 떠나 부모님의 시골집에 살 때였다. 영철 씨, 그는 나의 첫 내담자인 동시에 최고의 멘토였다. 그는 교통사고로 지적 능력을 상당 부분 잃었고, 정신과 약을 계속 복용하고 있었다. 답답한 공간에서는 종종 공황발작을 일으켰다.

당시 그는 서른 중반의 미혼이었다. 정부에서 나오는 연금과 동네 농사일을 도와서 받은 품삯으로 근근이 생활을 이어가고 있었다. 그는 가정을 이루고 자식까지 낳은 나를 무척 부러워했다. 교통사고로 불안장애에 시달렸던 그도 나처럼 시골생활에서 조금씩 안정을 되찾고 있었다. 불안 증상으로 힘들었지만, 그는 행복을 잃지 않았다. 입가에 미소가 떠나지 않았다. 그의 미소는 보는 이를 편안하게 했다.

당시 딱히 할 일이 없었던 나는 어린 딸을 유모차에 태우고 동네를 자주 돌아다녔다. 그와도 자주 마주쳤는데, 그때마다 그는 미소로 나와 딸을 반겼다. 내가 어떤 말을 건네든 돌아오는 답은 한결같았다.

"네 좋아요, 정말 좋아요."

그는 베푸는 것이 낙이었다. 그는 겨울을 제외하고 마을 앞산과 뒷산을 헤집고 다니며 먹을거리를 캤다. 봄이나 여름에는 두릅나물, 고사리, 송이버섯 같은 산나물을, 가을에는 도토리, 도라지, 밤이나 더덕 같은 것을 캐서 내려왔다. 그는 자기 먹을 것을 조금 남기고 죄다 마을 사람들에게 나누어줬다. 우리 가족 역시 그의 먹을거리에 은혜를 입었다. 그는 밥상의 예수 같았다. 그가 먹을거리를 주고 간 날은 우리 집 밥상에서 빛이 났다. 어느 봄날, 하루는 고사리를 한 바구니 먹으라며 주고 갔는데, 그 맛이 참으로 달았다. 민들레 쌈만큼이나 충격적인 맛이었다.

처음에는 낯선 사람을 조심스러워하는 아내 때문에 나도 그를 경계했다. 하지만 그의 연이은 선행에 얼마 지나지 않아 무장해제 되었다. 그는 인간에 대한 나의 편견을 무너뜨리는 최초의 사람이었다.

그를 만난 지 2년이나 지나서야 나는 그가 다리를 전다는 것을 알아챘다. 나의 무심함에 스스로도 무척 실망했다. 그에게 미처 몰랐다며 미안하다고 했더니 천연덕스럽게 괜찮다고 했다. 자신이 다리를 절지 않는 것처럼 보이려고 애쓰기 때문에 모를 수 있다면서. 그는 가진 것이 없어도 불구의 몸이어도 자기 삶을 당당하게 살아갈 수 있다는 걸 보여주었다.

'좋은 삶이란 무엇일까?' 내게는 영원히 떠나지 않는 질문이다. 나는 이 질문을 늘 가슴에 품고 산다. 어쩌면 죽는 순간까지 품고 살아야 할 문제이다. 대개의 심리문제는 정신의 빈곤과 관계가 깊다. 많은 경우 마음의 병은 철학의 결핍에서 비롯된다. 사유 없이 무작정 세상이 강요하는 대로 사는 삶, 그런 삶은 마음을 다치기 쉽다. 그때 심리상담은 일시적인 도움밖에 줄 수 없을 때가 많다. 나를 나답게 살게 할 본질적 물음에 답할 수 있을 때, 치유는 내 곁에 한 걸음 더 다가설 수 있다.

갈수록 좋은 삶, 건강한 삶을 찾는 길은 더욱 멀어져가고 있다. 다들 그렇듯 길을 잃고 헛된 삶을 살기 쉽다. 이제 자기상실은 너무도 흔한 문제가 되었다. 이럴 때 기대는 책이 한 권 있다. 철학자 수전 울프 교수가 발제한 글에 다른 철학자들이 질문을 던지고 그 질문에 다시 울프 교수가 답한 《LIFE 삶이란 무엇인가》. 울프 교수는 삶의 의미는 가치가 있는 대상을 '사랑'할 때, 그리고 긍정적인 방식으로 그 대상에 '관여'할 때 얻어진다고 했다. 좋은 삶에는 가치 있는 대상을 사랑하는 것, 그리고 그 일에 온당하게 관여하는 일이 필요하다. 울프 교수는 구체적으로 '주관적 이끌림(내가 대상을 사랑하는)'이 '객관적인 매력(누구나 공통적으로 가치를 부여할 만한)'을 만났을 때 '가치 있는 활동(가치 있는 삶의 기초)'이 일어난다고 했다.

그런데 이 가치 있는 대상을 사랑한다는 표현은 좀 애매하다. 여기서 사랑할 만한 대상에 대한 객관적 평가나 의미부여가 꼭 필요하다. 무슨 일이라도 좋아하고 열성적이면 가치가 그냥 따라 붙는 것은 아니기 때문이다. 어떤 대상이 사랑할 만한 가치가 있는지 판단하기 위해서 그 기준을 엄정히 세울 필요가 있다. 분명한 것은 그 대상에 관여하는 당사자가 성취감을 느끼고, 스스로 자신의 노력에 긍정적 평가를 내릴 수 있을 때 가치가 존재한다는 점이다.

영철 씨는 산에서 먹을거리를 캐는 것이 즐겁다고 했다. 사람들에게 그것을 나누어주며 큰 성취감을 느꼈다. 영철 씨의 선함에 감화된 마을 사람들은 다시 서로에게 온정을 베풀었다. 어머니는 가끔 총각김치나 열무김치를 담아 영철 씨에게 건넸다. 영철 씨는 그것조차 혼자 다 먹지 않고 병으로 고생하는 이웃 노인에게 나누어주었다. 그에게는 함께 나누는 것이 가치 있는 삶이었다. 그것이 그의 좋은 삶이었다.

서른 후반, 나는 인생을 걸고 고민했다. 내가 평생을 바쳐 도전할 만큼 가치 있는 일은 무엇일까를 고민한 것이다. 그리고 답을 얻었다. 크게는 독서치료사가 되는 것, 글을 쓰고 책을 읽는 것, 좋은 남편과 아버지가 되는 것이었다. 서른 중반 이후 독서치료의 탁월성을 확인했고, 이후 독서치료가 내 삶에서 차지하는 비중은 나날이 커졌다. 내가 경험한 것들을 글로 쓰고, 관심 분야를 연구하는 일에도 열정을 느꼈다.

그리고 가족의 삶에서 깨닫는 총체성은 나를 점점 더 전인적인 존재로 만들었다. 예전의 삶이 혼자만의 성을 짓고 내 것만을 쌓았다면, 이제는 만나고, 베풀고, 소통하고, 좋은 감정을 공유하는 삶을 꿈꾸었다. 다시 하늘에 북두칠성을 그릴 수 있었다.

하지만 그 북두칠성은 선명하고 오염이 없는 것이었다.

2010년, 나와 가족은 음성을 떠나 서울 근교로 이사했다. 형님 병원에서 본격적으로 독서치료사로 일하기 위해서였다. 시골을 떠나기 얼마 전, 영철 씨는 또 함빡 웃음을 지으며 산에서 캤다며 더덕을 열 뿌리 넘게 건넸다. 그 더덕들은 밭에 씨를 뿌려 키운 것과는 비교할 수 없을 만큼 맛과 향이 풍부했다. 나는 아쉬워하며 그에게 서울 근교로 떠난다는 말을 전했다. 그는 무척 서운해 하며 아내와 딸과도 마지막 인사를 살뜰히 나눴다.

어느새 나는 그처럼 친절한 사람이 되어 있었다. 그에게 배운 대로 만나는 사람들에게 밝게 웃으며 "안녕하세요" "밤새 잘 지내셨어요" "감사합니다"라는 말을 아끼지 않게 되었다. 그가 나를 변하게 했다. 그는 나의 친절한 치유자였다.

떠나기 전, 나는 그에게 작은 선물을 했다. 그동안 얻어먹은 더덕, 고사리, 도라지, 밤, 쑥에 대한 값이었다. 아니 그가 나에게 가르쳐준 인생철학에 대한 진심어린 성의였다. 그는 한사코 사양했다. 나와 대화하는 것이 자신의 불안 증상을 치유했다며 그것으로 됐다고 했다. 하지만 나는 그에게서 더 많이 배웠다. 그와의 만남은 '좋은 삶이 곧 치유'라는 확신을 안겨주었다.

그는 책을 잘 읽지는 못했지만 거실 책장에 책이 가득 꽂혀 있는 모습을 무척 좋아했다. 나는 더 이상 보지 않는 책 백여 권을 박스에 담아 그에게 주었다. 책 선물을 받은 그는 세상에 없을 해맑은 웃음을 내게 지어보였다.

독서치료사가 되겠다

"그래, 독서치료사가 되겠어."

오호라! 유레카(eureka)를 외쳤다. 2004년경 우연히 책 한 권을 손에 쥐면서 터져 나온 탄성이었다. 그 책은 조셉 골드 교수가 쓴 《비블리오테라피》였다. 우연이라 할 수 없었다. 생길 일이 생긴 것이었다. 2003년 봄부터 나는 국내에 나온 치유서를 빠짐없이 섭렵했다. 오래전부터 심리 서적을 즐겨 읽었지만, 2003년부터는 전심전력을 다해 열독했다. 그리고 드디어 《비블리오테라피》를 손에 쥐었을 때, 서광이 비치는 것 같았다. 내 남은 생을 바칠 만한 일을 찾았기 때문이다.

《비블리오테라피》는 제목 그대로 'Bibliotheraphy'에 대한 책이다. 'Biblio'는 그리스어로 책이나 문서를, 'theraphy'는 치료를 뜻한다. 책으로 심리적 상처를 치유하는 방법이 비블리오테라피, 바로 독서치료다. 나는 독서치료보다는 시나 소설을 읽고, 정서적인 글쓰기로 상처를 치유하는 '문학치료'라는 말을 좀 더 애용한다.

독서치료가 서구에서는 이미 100년 전부터 해온 심리치료 방법이지만, 당시만 해도 우리나라에서 제대로 정착하지 못하고 있었다. 독서치료가 시와 소설 등 문학과 인문학에 대한 식견이 있어야 하고, 심리치료도 잘 알아야 하는 특성상 한 가지 영역만 파고드는 분업화된 학문 풍토에서는 자리 잡기 어려웠던 것이다. 미국에서는 정신과 의사와 사서의 협업을 통해 독서치료가 진보했지만 한국에서는 이런 일이 쉽지 않았다.

《비블리오테라피》를 만나고 내 삶은 확연히 달라졌다. 독서치료사가 되겠다는 나의 열망은 나날이 커졌다. 그로 인해 더없이 행복했다. 이제야 내가 살아가야 할 분명한 이유를 찾은 것 같았다. 나는 독서치료에 대한 지식을 차근차근 쌓아갔다. 공부하면 할수록 독서치료는 매력적인 일이었다.

특히 영국의 독서치료에 매료되었다. 영국에서는 2000년대 초반부터 독서치료가 국가적으로도 중요한 치유 방법으로 부상했다. 경험론의 나라답게 몇만 명에 달하는 임상 실험이 진행되기도 했다. 2014년부터 영국 보건당국은 드디어 독서치료를 우울증 치료의 중심에 놓았다. 현재 영국에서는 '책 처방'이 전국적 의료서비스로 제공된다. 책 처방이란 가벼운 우울증이나 불안장애 증상을 겪는 환자의 경우, 약물 처방 대신 자기조력(self-help) 도서를 먼저 권하는 방법이다. 상상해보라. 정신건강의학과를 찾았을 때, 의사가 증상이 심하지 않으니 약 대신 일단 책부터 몇 주간 읽어보자고 한다면 얼마나 멋지겠는가. 다행히 독서치료를 연구하면서 이를 직접 활용해볼 기회도 많았다.

서른 초반에 학교를 떠나고 나는 쭉 아이들에게 독서와 문학, 학습법을 가르치는 일을 했다. 그때 만난 아이들 중에는 심리문제를 가진 경우가 적지 않았다. 독서치료를 공부하며 내가 아이들을 대하는 태도에도 근본적인 변화가 생겼다. 공부 못하는 아이를 만나도 무작정 구슬리거나 다그치기보다는 상처 입은 내면부터 살폈다. 가혹한 입시 체제를 견뎌야 하는 우리사회는 '공부 상처'를 입은 아이들을 양산한다. 그 아이들은 마음을 다독거려줄 때, 비로소 다시 공부도 하고 친구도 만날 수 있다. 마음을 어루만져줄수록 공부에 대한 열의를 회복하는 일은 쉬웠다. 그렇게 나는 수백 명의 아이들과 독서치료를 활용한 학습상담을 했고, 이 경험을 바탕으로《공부 못하는 아이는 없다》와《내가 공부를 못하는 진짜 이유》를 출간하기도 했다.

몇 년간 독서치료에 대한 지식과 경험을 쌓은 후, 나는 본격적으로 독서치료사로서 새로운 삶을 시작했다. 먼저 가정의학과 의사인 형과 함께 독서치료를 활용한 비만 치료 프로그램을 만들어 환자들을 만났다. 형은 독서치료가 비만 치료에 도움이 될 거라는 나의 의견에 동조했다. 비만을 가진 이들 가운데 상당수는 우울증이나 심리문제를 동반한다. 그래서 이들에게는 심리치료 또한 꼭 필요하다. 우리의 생각은 틀리지 않았다. 심리치료가 병행되는 비만 치료의 효과는 기대 이상이었다. 특히 비만 환자의 특성에 맞춘 인지치료, 식습관 교정을 위한 영양교육도 독서치료를 접목했을 때 그 효과가 훨씬 더 커졌다.

초창기 비만 치료로 만난 여자아이에 대한 기억은 아직도 생생하다. 초등학교 3학년 지희에게는 소아우울증이 있었다. 맞벌이 하는 부모 때문에 할머니 손에서 자란 지희는 식탐이 강했다. 밤늦도록 피자나 라면, 치킨, 햄버거를 제한 없이 먹었다. 누적된 욕구불만을 음식으로 풀었고, 그 때문에 소아비만 증상은 주체할 수 없을 정도로 심해지고 있었다. 내성적인 성격 탓에 친구를 잘 사귀지 못하는 것, 살찐 외모 탓에 친구들로부터 왕따를 경험한 일도 상처를 키우는 일이었다.

"나는 제 모습이 싫어요. 나는 세상에 잘못 태어났나봐요."
"지희야, 그렇지 않아. 얼마든지 달라질 수 있어. 사람은 자신을 바꿀 수 있는 존재거든."

지희와는 정서적인 글쓰기나 문학작품 읽기를 통한 일반적인 독서치료도 함께 했다. 더불어 비만과 관련된 책을 읽고 이야기를 나누는 것도 중요한 활동이었다. 특히 프랑스 작가 마리 끌로드 베로가 쓴 《나 뚱보 아니야》가 지희에게는 큰 도움이 되었다. 《나 뚱보 아니야》의 주인공 마리는 뚱뚱한 몸매 때문에 친구나 선생님에게 놀림을 받는다. 병원에서 비만 치료를 받는 마리는 가족에게도 환대 받지 못한다. 그러나 마리에게 전학 온 제레미라는 친구와 새끼올빼미 친구 뽀송이가 생기며 차츰 자신을 변화시킬 용기를 얻는다.

《나 뚱보 아니야》 같은 책이 어떻게 소아비만 치료에 도움이 되는지 연구를 통해 이미 증명된 바 있다. 미국 듀크대 소아과 전문의 사라 암스트롱 박사는 비만 소녀들을 대상으로 뚱보 소녀가 주인공으로 활약하는 소설을 읽게 한 후 어떤 변화가 생기는지 관찰했다. 그 결과, 주인공의 활기찬 모습에 반한 소녀들은 건강한 생활습관을 좀 더 적극적으로 따랐다. 좋은 삶의 모델을 발견해 동일시했고, 내면에서 소산(消散, abreaction) 작용이 일어났기 때문이다. 프로이트가 처음 제안한 소산 작용은 치유적 독서가 내면의 불안과 우울감을 씻어주는 효과를 잘 설명한다. 과거를 반복 체험하고 지속적으로 표현할 때, 소산 작용이 일으킬 수 있는 부작용을 최소화하는 방법이 문학작품 읽기다. 문학작품 읽기는 안전한 소산 작용을 유도한다.

여러 달 후 체중을 쟀더니 소설을 읽었던 소녀들의 체중 감량이 읽지 않은 소녀들보다 더 많았다. 지희 역시 무려 10킬로그램 가까이 체중을 줄이며 정상체중으로 돌아왔다. 우려했던 성조숙 증도 멈추었고, 잘 크지 않아 걱정이던 키까지 무럭무럭 자랐다. 나도, 지희도 무척 기뻐하며 좋은 결과를 자축했다. 영양 교육 같은 다른 치료도 지희에게 도움이 됐겠지만, 《나 뚱보 아니야》가 준 감동이 큰 역할을 했다.

사실 지희에게 더 큰 감동과 마음의 변화를 가져다준 책은 박 완서의 동화책 《이 세상에 태어나길 참 잘했다》이다. 이 동화책 은 내가 가장 아끼는 치유서 가운데 한 권이다. 작고한 박완서의 인생관이 압축된 동화라고 할 수 있다. 태어날 때 어머니가 죽고 아버지는 미국으로 떠난 복동이는 열 살이 되도록 외갓집에 살 며 한 번도 아버지를 만난 적이 없다.

복동이는 여름 방학 동안 아버지의 초청으로 미국을 방문한 다. 미국에서 아버지를 만나고, 또 아버지가 재혼해서 이룬 세 가족들, 바로 필리핀계 새어머니와 두 명의 동생을 만나 함께 지 낸다. 자신의 삶에 대해 의심과 불만을 품고 살던 복동은 미국에 서의 생활, 아버지와의 정서적 소통, 그리고 브라운 박사의 감동 적인 연설 등을 접하며 차츰 인생을 긍정하게 된다. 다시 한국으 로 돌아오며 복동은 아직 어린 이복동생 데니스를 향해 이렇게 말한다.

"공항에는 내가 도착했을 때처럼 네 식구가 환송을 나와 주었다.

식구들과 따로따로 포옹을 하고 나서 맨 나중에 데니스를 안았다. 녀석이 나를 밀어내지 않고 가만히 있어 주어서 기뻤다. 녀석이 나만큼 자랐을 때, 우리가 다시 만난다면 녀석과 나는 좋은 친구도 한 가족도 될 수 있을 것이다. 그때쯤은 녀석도 이 세상에 태어나길 참 잘했다고 생각할 수 있게 될 테니까."

지희를 만난 뒤로 나는 수많은 비만 환자와 독서치료를 함께했고 큰 성취감과 기쁨을 느꼈다. 내 안에 독서치료에 대한 신앙과도 소명의식이 자리 잡고 있었다. 얼마 후 대형 심리센터로 옮겨 더 다양한 내담자들을 만났고, 그들에게도 역시 각자에게 어울리는 치유서를 권했다. 치유서와 상담을 병행한 심리치료 효과는 대단히 고무적인 것이었다.

독서치료사는 내 운명이 되었다. 심리치료가 빈곤한 한국에, 자살과 스트레스가 범람하는 이 사회에, 치유와 회복을 갈망하는 수많은 사람들에게 독서치료만한 대안이 없을 거라는 확신을 갖기에 이르렀다. 치유되지 못한 내면이 얼마나 파괴적인지 잘 아는 나에게 누군가의 치유를 돕는 일은 내 인생을 온전히 바칠 만한 일이었다. 그것은 내가 "이 세상에 태어나길 참 잘했다고 생각"하게 할 만큼 선한 일이었다. 독서치료사로서 삶을 시작하면서 나는 이렇게 다짐했다.

'나의 상처는 다른 이를 이해하고 공감하는 소중한 경험으로 쓰일 것이다. 나의 치유는 다른 이를 일으켜줄 소중한 양분으로 쓰일 것이다. 이제부터 나는 내가 있어야 할 자리에 있을 것이다. 내가 필요한 사람들 곁에 있을 것이다. 그것이 독서치료사로서의 나의 소명이 될 것이다.'

내가 왜 살아야 하나요?

"왜 살아야 하는 거죠?"

끔찍한 자살시도를 했던 18살 시은이는 자신이 살아야 하는 이유를 찾고 싶어했다. 아니 실은 그마저도 귀찮았다. 지금 자신이 사라지는 것이 모든 고통을 끝내는 가장 간단한 해결책이라고 믿었다. 자살을 생각하는 모든 사람들이 그렇듯 시은이에게도 자살을 결심하게 된 마음의 병이 있었다.

15살 무렵까지만 해도 시은이는 모든 사람이 부러워하는 모범생이었다. 사업하는 아버지, 교수 어머니는 모두 최고 명문대를 나온 엘리트였다. 자신의 자식도 당연히 감당하리라 믿었던 부모는 시은이에게 어릴 적부터 초인적인 학습을 강요했다. 영어 유치원 시절부터 시은이는 공부기계처럼 살았다. 시은이의 말로는 6살 때 이미 숙제가 9시 전에 끝나는 일은 별로 없었다고 했다. 15살 시은이는 새벽 2시까지 학원과 개인교습 스케줄을 감당했다. 안타깝게도 이런 비인간적인 삶을 견디는 아이들은 시은이 주변에 넘쳐났다.

"다른 애들은 저보다 더 한 것도 잘 견뎌요. 저만 그걸 견디지
못한 거죠."
"시은 양, 아닐 거예요. 누구라도 속으로는 비명을 지르고 있
을 거예요. 사람들 앞에서 태연한 척 하는 것뿐이에요."
"상관없어요. 어쨌든 걔네들은 붙었고, 전 떨어졌잖아요. 나만
패배자예요."

특목고 진학이 좌절되며 시은이에게는 견딜 수 없는 마음의 병이 시작되었다. 사실, 이미 오래전부터 시은이는 우울과 불안에 침식되어 있었다. 초등학생 때 이미 시은이는 자주 "아무 재미도 없는 인생인데, 사람들은 왜 사는 거지?"라는 생각을 자주 했다고 고백했다.

"전 이미 패배자예요. 이제는 돌이킬 수 없어요. 인생에서 지
울 수 없는 오점을 남기고 말았어요."
"시은 양, 그 시험에 한 번 떨어진 일 때문에 자기 인생을 실패
라고 단정 짓는 것은 있을 수 없어요. 인생은 한 번의 실패로

규정할 수 없는 존엄한 것이에요. 아무리 그 실패가 큰 것이라도 자기 인생에 낙인을 찍을 만한 것은 없어요."

"무슨 말로 위로하셔도 소용없어요. 패배자들에게 사람들은 그렇게 위로하죠. 하지만 패배는 결국 패배예요."

시은이는 어릴 적부터 삶의 과정을 승리와 패배로 나누는 것에 길들여졌다. 그러니 자신이 그토록 원하던 특목고 진학에서 떨어진 좌절을 지우는 일은 좀처럼 쉽지 않았다. 시은이는 모든 것이 끝났다는 말로 자주 좌절감을 표현했다. 일반고에 들어온 자신을 용서할 수 없었고, 공부할 힘을 잃어버린 시은이는 그곳에서도 원하는 성적을 얻을 수 없었다. 시은이는 고등학교에 들어오며 자신을 패배자라고 규정하는 일을 수도 없이 겪었다. 그러는 사이 자책과 수치심, 자기혐오와 자기비판이 시은이의 마음을 찢고 또 찢었다.

삶의 의욕을 잃은 시은이는 도무지 상담에도 우호적이지 않았다. 늘 시큰둥하거나 무기력한 모습이었다. 불면으로 밤을 꼴딱 샌 다음 날은 상담을 진행할 수가 없었다. 어느 날, 나는 힘이 없다며 피곤해하는 시은이에게 함께 노래라도 몇 곡 들어보자고 제안했다.

"시은 양, 선생님이 좋아하는 노래 하나 같이 들어볼래요?"

살아낸 시간이 살아갈 희망이다

"오늘 너무 힘들어요. 그런 거 하고 싶지 않아요."

"그래도 이야기하는 건 힘이 든다고 하니까, 노래라도 들어보
  자는 거예요."

"맘대로 하세요. 전 누워 있을래요."

나는 상담실 책상에 팔을 베고 엎드린 시은이에게 신해철의
〈니가 진짜로 원하는 게 뭐야〉를 들려주었다.

니가 진짜로 원하는 게 머야?

니가 진짜로 원하는 게 머야?

니가 진짜로 원하는 게 머야?

니가 진짜로 진짜로 원하는 게

진짜로 진짜로 원하는 게 머야?

신해철의 노래는 시은이에게 진짜로 원하는 게 무엇인지를 물
었다. 기운이 없던 시은이는 반응을 보이며 가끔 신해철의 영상
을 쳐다보았다. 노래가 퍽 흥미로웠던 모양이었다. 노래가 끝나
자, 조금 생기를 되찾은 표정을 지었다.

"노래가 마음에 들어요. 사람들이 저 사람 천재였다고 하던데,
  정말 그런가 봐요. 하나 더 들어볼래요."

"시은 양도 그렇게 생각하는군요. 저도 스무 살 때부터 늘 그렇게 생각했어요. 다음 노래는 이번 것과는 좀 다를 거예요. 어쩌면 시은 양을 위한 노래일 것도 같아요."

"그런데 선생님, 제가 정말 원하는 게 뭘까요?"

다음으로 나는 팔짱을 끼고 컴퓨터 모니터를 응시하는 시은이에게 신해철의 〈길 위에서〉를 들려주었다.

난 후회하지 않아, 아쉬움은 남겠지만 아주 먼 훗날까지도. 난 변하지 않아. 나의 길을 가려하던 처음 그 순간처럼 자랑할 것은 없지만 부끄럽고 싶지 않은 나의 길. 언제나 내 곁에 있는 그대여. 날 지켜봐주오. 끝없이 뻗은 길의 저편을 보면 나를 감싸는 두려움. 혼자 걷기에는 너무나 멀어. 언제나 누군가를 찾고 있지. 세상의 모든 것을 성공과 실패로 나누고 삶의 끝 순간까지 숨 가쁘게 사는 그런 삶은 싫어.

"맞아요, 세상 사람들은 모든 걸 성공과 실패로 나누죠. 정말 지금 내 맘 같아요. 정말 이 사람 천재인가봐요."

"음, 어떤 가사는 무척이나 철학적이고 심오하지요. 그래서 나는 신해철을 한국의 밥 딜런이라고 생각해요."

"밥 딜런은 또 누구예요."

"음, 노벨문학상을 받은 유일한 가수지요. 시간이 나면 꼭 찾아서 들어봐요. 무척 좋은 경험이 될 거예요."

다음 상담시간, 정말로 시은이는 밥 딜런의 노래들을 지독하다 싶을 정도로 찾아보고 왔다. 신해철의 노래도 수십 곡 가까이 찾아서 들었다고 했다. 그날 이후 시은이는 상담에 좀 더 적극적이었다. 어느 날 우리는 큰 도화지에 '내가 정말 바라는 것'이라는 제목으로 문장과 낱말들을 하나씩 적어보았다.

"그러니까. 특목고에 가고 싶었던 게 진짜 나의 바람은 아닐지도 모른다는 말씀이죠?"

"어쩌면 내가 원하는 것이 정말 내가 원하는 것이 아니라, 누군가가 만들어낸 가짜 욕구일 수도 있다는 거예요. 이를테면 시은 양의 부모님이나 이 사회가 심어준 가짜 욕구일 수 있다는 말이죠."

"그럼 전 정말 뭘 원하는 걸까요?"

"그건 차차 앞으로 알아가야겠지요. 사람들은 흔히 자신의 진짜 욕구가 무엇인지 모르고 머리에 얼른 떠오른 욕심이나 욕망을 자기 것으로 착각하며 살아가기 쉬워요. 그래서 자신의 진정한 욕구를 깨닫는 건 참 중요한 일이지요. 어쩌면 평생 가장 중요하게 고민해야 하는 문제인지 모르겠어요."

우리는 진정한 자기 욕구와 삶의 방향에 대해 탐색하는 독서
치료의 시간을 이어갔다.

"이제 윤동주의 시를 한 편 읽어볼까요? 먼저 〈병원〉이라는
　시예요. 참고로 제가 십대 때 가장 좋아했던 시였어요."

〈병원〉을 읽은 시은이는 자신의 마음을 꼭 닮은 시라고 했다.
그리고 '지나친 시련'이라는 시어가 무척 마음에 든다고 했다. 나
도 그랬다고 답했다. 다음으로 윤동주의 〈길〉을 읽었다.

잃어버렸습니다.
무얼 어디다 잃었는지 몰라
두 손이 주머니를 더듬어
길에 나아갑니다.

돌과 돌과 돌이 끝없이 연달아
길은 돌담을 끼고 갑니다.

담은 쇠문을 굳게 닫아
길 위에 긴 그림자를 드리우고

　　　　　　　　　살아낸 시간이 살아갈 희망이다

길은 아침에서 저녁으로

저녁에서 아침으로 통했습니다.

돌담을 더듬어 눈물짓다

쳐다보면 하늘은 부끄럽게 푸릅니다.

풀 한 포기 없는 이 길을 걷는 것은

담 저 쪽에 내가 남아 있는 까닭이고,

내가 사는 것은, 다만,

잃은 것을 찾는 까닭입니다.

— 윤동주, 〈길〉

    시은이는 이번에는 내가 시킨 대로 최대한 천천히 느리게 시를 소리 내서 읽었다. 어느새 시은이의 눈가가 촉촉해졌다. 시를 읽고 나서 지금 자신의 현실을 그대로 나타내는 것 같다고 했다. 특히 마지막 연의 "내가 사는 것은, 다만, 잃은 것을 찾는 까닭입니다"에서 눈을 뗄 수가 없다고 했다.

    자살시도 이후 시은이 부모들 역시 커다란 충격에 빠졌다. 이미 몇 해 전, 아이가 심한 우울증을 앓기 시작하면서부터 시은이 부모들도 회개의 시간을 가졌다. 신앙을 가지고 있던 두 사람은 자신의 무모한 욕심이 자식을 이토록 비참하게 만들었다는 사실을 통감했다. 내가 출연하는 방송을 들은 시은이 어머니는 상담을 신청해왔고, 이후 매주 꼬박꼬박 상담이 이루어졌다. 엄마와 함께 하는 산책과 운동, 강아지 키우기, 마음챙김 명상 훈련, 그리고 치유서 읽기가 거듭되면서 시은이의 아픈 마음도 조금씩 회복되어갔다. 시은이는 상담에도 차츰 적극적으로 변했고, 밝은 표정으로 상담실을 찾는 날이 잦아졌다.

"혹시 시은 양, 오 헨리의 〈마지막 잎새〉라는 소설을 읽은 적 있나요?"
"아뇨, 배운 적이 없는 것 같아요."
"지금쯤, 이 소설을 읽으면 참 좋을 것 같아요."
"왜요. 어떤 이유에서요?"
"그건 일단 읽은 후에 이야기하면 어떨까요?"

시은이는 단숨에 〈마지막 잎새〉를 다 읽었다. 마지막 부분을 읽는 시은이의 얼굴 표정은 마치 연극배우 같았다.

"흰생쥐 아가씨, 네게 해줄 말이 있어." 수가 말했다. "베어만 아저씨가 오늘 병원에서 폐렴으로 돌아가셨어. 아저씨는 단지 이틀만 아프셨어. 그가 아픈 첫째 날 아침, 관리인이 아래층 아저씨 방

살아낸 시간이 살아갈 희망이다

에서 고통스러워하는 아저씨를 발견했어. 아저씨의 신발과 옷은 흠뻑 젖어 있었고, 몸은 얼음처럼 차가웠어. 사람들은 아저씨가 비바람 치던 날 밤, 밤새 어디 있었는지 모를 거야. 주위를 둘러보던 사람들은 옆에서 꺼지지 않은 랜턴과 사다리, 그리고 여기저기 흩어진 붓, 초록색과 녹색으로 뒤범벅이 된 팔레트가 발견됐고. ─ 저기 창밖을 봐. 벽에 마지막 잎새가 그려져 있어. 바람이 불어도 그 잎이 펄럭이거나 움직이지 않은 이유가 궁금하지 않니? 아! 사랑하는 존시, 그건 베어만 아저씨의 걸작이란다. ─ 베어만 아저씨가 마지막 잎새가 떨어지던 그날 밤, 저기서 마지막 잎새를 그렸어."

"선생님이 왜 지금 읽어야 한다고 했는지 알 것 같아요. 죽음을 함부로 말하는 건 참 어리석은 일이에요. 그죠."
"우리 각자는 다른 어떤 것으로 대체 불가능한 유일무일한 존재예요. 이 소설에서 말하는 것처럼 모두의 소중한 생명은 하나하나가 그 무엇으로도 가치를 매길 수 없는 걸작이기 때문이죠. 자신의 걸작을 걸작으로 대접하는 지혜가 필요해요. 아니 그건 우리 모두의 정당한 권한이지요. 우리는 삶의 존엄성을 이해해야 해요."

시은이는 그 어떤 내담자보다도 숙제를 잘 해왔다. 특히 뛰어난 독서능력이 독서치료에도 놀랄 만한 효과를 가져올 때가 많았다. 심리적인 내용이 담긴 몇몇 자기조력 도서들은 성인들도 어려워했지만, 오히려 시은이에게는 쉬운 책들이었다. 특히 데이비드 번스 박사의 4부작 《필링 굿》, 《패닉에서 벗어나기》, 《관계 수업》, 《자신감에 이르는 10단계》을 여러 번 탐독했다.

시은이는 이 책들을 모두 읽은 후, 인간이 어리석은 생각 때문에 어리석은 감정에 사로잡힐 수 있는 존재라는 말을 스스럼없이 말하기도 했다. 심지어 이런 이야기까지 오갈 때가 있었다.

"좀 어렵긴 했지만, 선생님이 알려주신 대니얼 길버트의 《행복에 걸려 비틀거리다》는 참 인상적이었어요. 사람은 다들 참 어리석어요, 그렇죠? 선생님."

"어리석다고 단정하기보다는 이런 표현이 좋지 않을까요?"

나는 하이데거의 《논리학》 한 부분을 보여주었다.

"철학에 대하여 말할 수 있는 것은 거의 아무것도 없다. 우리는 철학의 본질에 대한 광범위한 논의를 펼치는 대신 철학함에 속하는 한 가지, 즉 철학자는 잘못될 가능성을 감수할 용기를 가져야 한다는 것만을 언급하고자 한다. 잘못(Irrtum)에의 용기는 그 잘못을 참아내는 용기일 뿐만 아니라, 더 나아가 잘못을 시인하는 용기이기도 하다."

"아하, 멋지네요. 자신이 잘못을 솔직하게 말하는 것이 진정
한 용기라는 거죠."
"잘못 생각했을 때, 자신의 잘못된 생각을 알아차렸을 때, 그
것을 솔직하게 말할 수 있다면 그 사람이야말로 진정 지혜로
운 것이죠."
"전, 인생을 잘못 알고 있었어요. 하지만 잘못 알고 있던 나를
이제는 잘 알게 되었어요. 깔깔깔."

시은이는 웃음이 많은 아이였다. 이런 아이가 그토록 깊은 우
울의 방에 갇혀 있었다는 것이 이해가 되지 않을 정도였다. 시은
이에게 '결정타'는 루이제 린저의 《생의 한가운데》였다. 나에게
《데미안》이 그랬던 것처럼 시은이에게는 《생의 한가운데》가 인
생의 책이 되었다.

"내가 우는 것이 슈타인의 지난 고통과 니나의 엄청난 이별 때문
만이 아니라, 나 때문에 그리고 축축하고 촘촘한 회색빛 그물에
얽혀 있듯 자신의 운명에 얽혀 있는 인간들 때문에 우는 것이라는
것을. 대체 누가 그 그물을 찢어버릴 수 있다는 말인가? 설령 그
그물에서 벗어났다 해도 그것은 발치에 걸려 있으며 인간은 그것

을 끌고 다닐 수밖에 없다. 그 그물은 아무리 얇아도 감당하기 어려운 것이다."

시은이는 《생의 한가운데》의 마지막 문장들이 자신을 전율하게 만든다고 했다. 마음의 지진을 일으킨다고 했다. 전율의 문장이 담긴 인생 책을 찾아낸 것은 참으로 축하할 일이었다.

시은이는 차츰 입시나 내신 공부도 열심히 하기 시작했다. 하지만 그 공부는 억지로 하던 예전과는 달랐다. 대학에서 철학, 사회학, 심리학, 문학을 모두 전공하고 싶다고 했다. 나는 짐짓 심각하게 한국에서는 아직 그러기 쉽지 않으니 미국을 가야 할 거라고 했다. 시은이는 "그럼 미국에 가면 되죠" 하며 또 깔깔 웃었다.

살아낸 시간이 살아갈 희망이다

사랑에 허기진 아이

"도대체, 내가 못해준 게 뭐니?"

"엄마 원하는 것만 했지. 내가 원하는 건 아무것도 해준 게 없
잖아."

　모녀의 언성이 점점 높아졌다. 상담실 밖에서 들릴 정도였다.
서연이는 엄마와는 더 이상 말하고 싶지 않다며 고개를 돌렸다.
나는 두 사람을 진정시키고 서연이 엄마에게 잠시 나가 있어 달
라고 부탁했다. 서연이의 엄마, 지민 씨는 도무지 아이의 욕구를
읽지 못하는 부모였다. 아이가 진정 무엇을 좋아하고 원하는지
정말 모르고 있었다.

　심리학자 마셜 B. 로젠버그는 '비폭력대화(Nonviolent
Communication)'를 위해 가장 중요한 것이 상대의 욕구에 진심으

로 공감하는 것이라고 말한다. 상대가 부당한 요구를 하며 떼를 쓰는 것이 아니라면, 경청하고 수용하기 위해 노력해야 한다. 이를 위해서는 지금 무슨 일이 일어나는지 상황을 알아차리는 '관찰'이 필요하다. 또, 상대의 말과 행동을 듣고 느낀 '감정'을 솔직히 표현하고, 내가 원하는 진실한 '욕구'를 알아차려야 한다. 이어서 그 진실한 바람을 상대에게 정중하게 '부탁'할 줄 알아야 한다. 관찰, 감정, 욕구, 부탁의 순서에 따르는 비폭력대화는 서로가 서로를 온전히 받아들이도록 돕는다.

그러나 지민 씨는 "아이가 말도 안 되는 떼를 쓰는 걸 받아줄 수는 없잖아요" 하며 강경했다. 나는 지민 씨에게 "온당한 욕구를 가질 수 없게 한 책임은 과연 누구에게 있을까요?"라고 물었다. 순간, 지민 씨는 한 대 얻어맞은 듯 아무런 말도 하지 못했다.

대화는 온 마음으로 노력하지 않으면 폭력과 미움으로 물들기 쉽다. 서연이가 가장 답답했던 것 역시 계속된 부모의 폭력적 언사와 무시였다. 그보다 더한 건 무관심이었다. 그런데 지민 씨는 자신의 하나뿐인 딸 서연이에게 지대한 관심과 사랑을 쏟고 있다고 믿고 있었다. 하지만 사랑은 표현하지 않으면 사랑이 될 수 없다. 아니 제대로 표현되지 못할 때 쉽게 폭력으로 변질된다. 서연이는 엄마의 사랑을 폭력으로 느꼈다. 안타깝게도 그것은 딸에 대한 뿌리 깊은 몰이해에서 시작되었다.

지민 씨는 능력 있는 커리어 우먼이었다. 스물네 살에 입사한 이래 단 몇 주도 회사를 쉰 적이 없고, 적어도 직장에서만큼은 신임과 존경을 받았다. 딸을 봐주는 친정 엄마 덕분에 그녀는 마음껏 일할 수 있었다. 하지만 서연이가 중학생이 되면서 두 사람 사이의 갈등의 골이 깊어졌고, 많은 것들이 혼돈에 빠졌다. 서연이는 겨우 중학교 2학년이었지만, 채팅 프로그램을 통해 성인 남자들을 만나고 있었다. 다행히 큰 일이 생기지는 않았다. 아니 큰 일이 생기기 전에 지민 씨가 겨우 막았다. 나는 지민 씨에게 물었다.

"왜 서연이는 음흉한 남성들의 속임수를 자신에 대한 관심이나 애정으로 착각하는 것일까요? 아니, 왜 그런 속임수에 쉽게 마음을 여는 것일까요?"

지민 씨는 한동안 말문이 막혀 답을 하지 못했다.

"시간 날 때마다 양육서를 사서 사무실 책상에 놔둬요. 줄을 치며 열심히 읽어도 그때뿐이죠. 저와 서연이는 늘 제자리에요."

나는 내 앞의 컴퓨터 모니터를 돌려서 지민 씨에게 사진 한 장을 보여주었다. 사진은 해리 할로우의 원숭이를 상대로 한 애착 실험에 관한 것이었다.

사진에는 천으로 덮인 어미 인형에 꼼짝하지 않고 달라붙은 새끼 원숭이가 나오고, 그 옆에는 우유가 나오는 철사로 만든 인형이 살짝 비친다. 역사상 가장 중요한 실험 가운데 하나인 해리 할로우 박사의 원숭이 애착실험은 좀 끔찍하다. 태어나자마자 원숭이 새끼를 어미에게서 떼어내 철창에 가둔다. 포육과 학습 경험을 배제하기 위해서다. 철창 안에는 두 종류의 가짜 어미 인형이 있다. 하나는 우유가 나오는 철사로 된 인형, 다른 하나는 우유가 나오지 않는 천으로 싸인 어미 인형이다. 불안하고 슬픈 새끼 원숭이는 실험하는 내내 정말 배가 고플 때만 철사 인형에 가서 젖꼭지를 잠시 빨 뿐, 천으로 싸인 가짜 어미 인형에서 한시도 떠날 줄 모른다. 천으로 된 어미 인형에 꼭 붙은 새끼 원숭이 사진은 우리에게 몇백 배 더 중요한 것은 '먹이'가 아니라 '사랑'임을 알려준다.

"지민 씨, 서연이에게 지금 필요한 것은 보상이 아니라 사랑이에요. 사랑은 이런 것이에요."

나는 그녀에게 짤막한 조지 베일런트의 글을 보여주었다.

"인간은 정교한 사회적 결속(무조건적인 애착, 용서, 감사, 다정한 시선 마주치기가 그 특징이다)에 의해 생존해왔다."

살아낸 시간이 살아갈 희망이다

부드러운 목소리, 다정한 눈 맞춤, 무조건적인 사랑이 없다면 우리 마음은 이내 삐뚤어질 수밖에 없다. 사회는 점점 삭막해져서 우리는 이런 것들을 점점 잊어간다. 가족이나 십 년 넘은 절친 정도가 아니라면 누구도 사랑을 쉽게 허락할 리 없다. 어리석게도 우리는 사랑마저 절약하는 것이다.

나는 비싼 스마트폰이나 용돈으로는 결코 서연이 마음을 돌릴 수 없을 것이라고 단언했다. 치열한 사회생활을 견디며 감정을 숨기는 일이 몸에 밴 지민 씨는 참았던 울음을 터뜨렸다. 얼굴을 가리고 흐르는 눈물을 멈추지 못했다.

"지민 씨를 탓하는 게 아니에요. 사정이 있었겠죠. 하지만 지금부터 더 사랑해주시란 말이에요. 지금 서연이는 사랑에 어떤 문제가 생긴 거예요."

성인 가운데 40퍼센트 정도는 안정 애착이 아닌 불안정 애착 유형에 속한다. 불안정 애착이란 생애 초반의 부적절한 양육 경험으로 세상과 타인에 대한 신뢰감을 내면화하지 못하는 것이다. 주양육자와 안정적인 애착 관계를 형성하지 못한 사람은 자신의 사랑이 타인에게 들키는 것을 싫어한다.

또 사랑을 잃을까 노심초사하면서도 타인과 가까워지는 것을 불편하게 여긴다. 타인에게 마음을 열지 못하면서도 타인이 자신을 사랑하기를 바란다. 외롭지만 친밀한 관계는 거부하는 이른바 '사랑을 의심하는 자'이다.

우리는 사랑을 충분히 누리며 살기 힘든 시대를 살고 있다. 아이가 자라는 아파트에는 일과 양육에 힘겨워하는 엄마만이 악전고투를 벌이고 있을 가능성이 높다. 할머니라도 함께 지내는 아이라면 대단히 복 받는 축에 속한다. 그래서 요즘 아이들은 빈집에 키운 개들 마냥 불안하고 날카로워질 수밖에 없다.

부성 결핍은 더 큰 문제다. 바쁜 아버지들은 조금 더 돈을 벌기 위해 양육에 참여하지 못하는 경우가 많다. 아버지 애착의 결핍은 아이에게 심각한 영향을 미친다. 결과적으로 사회성을 키우고 성취감이나 놀이의 즐거움을 느끼는 일도 힘들어진다. 당연히 세상에 대한 믿음을 얻기도 힘들다. 세상으로 나아가는 첫 징검다리가 사라지는 것이다.

어느 날은 서연이와 톨스토이의 단편소설 《세 가지 의문》을 읽었다.

"그러니 잘 기억해주시오. 가장 중요한 시간이란 지금 이 순간이라는 것을. 지금 이 순간만이 우리가 힘을 발휘할 수 있기 때문이지요. 그리고 가장 소중한 사람은 바로 당신 곁에 있는 사람이라는 것을. 우리가 언제 또 다른 누구를 만날지는 아무도 모르기 때

살아낸 시간이 살아갈 희망이다

문이지요. 마지막으로 가장 중요한 일은 바로 당신 곁에 있는 그 사람에게 선을 베푸는 일이라는 것을. 오직 그것만이 인간이 세상을 살아가는 의미이기 때문이지요."

세 가지 의문을 읽은 후 서연이는 뭔가 생각에 잠기는 것 같았다. 누군가를 떠올리는 것 같았다. 우리는 삶에서 가장 소중한 것에 대해 이야기를 나눴다. 나는 "가장 소중한 사람은 바로 당신 곁에 있는 사람"이라는 진실을 톨스토이가 우리에게 말해주고 싶었을 거라고 했다. 그리고 사랑은 표현을 통해서 완성될 수 있다는 진실도 알려주었다. 서연이는 이해했다는 듯 고개를 조용히 끄덕거렸다.

오랜 시간, 엄마 지민 씨도 자기 자신을 진지하게 돌아보는 시간을 가졌다. 아픈 시간이었지만 자기성찰 후에 지민 씨에게도 변화가 있었다.

"서연아, 넌 엄마에게 너무나 소중한 아이야. 너를 진심으로 사랑하고 또 사랑해."

폭력적 언어에서 사랑의 언어로 바뀌면서 엄마와 딸의 관계는 조금씩 회복되기 시작했다.

외롭지만 친밀한 건 싫어

그녀는 혼자서 밥 먹고, 혼자서 영화 보고, 혼자서 여행을 다녔다. 이런 혼자의 일상이 여러 해다. 처음에는 두렵고 낯설었지만, 이제는 누가 옆에 있으면 더 불편했다. 대학을 서울로 오며 혼자 산 지 벌써 15년이 넘었다. 요즘 들어 사람 많은 곳은 아예 가지도 않는다.

10년 근속한 회사생활은 큰 문제가 없었다. 그녀가 다니는 회사는 남자 사원이 여자 사원보다 조금 많았지만 그 남자들과도 비교적 원만했다. 직장 동료는 직장 동료일 뿐, 그 이상은 아니었다. 철벽을 쳐온 그녀, 직장 동료와는 '썸' 한 번 타본 적이 없었다. 그 이유를 나름 괜찮은 회사를 계속 다니고 싶었기 때문이라고 했다. 호감이 없지 않던 동료 남자 직원이 있기도 했다. 하지만 쥐도 새도 모르게 연애를 하더니 불쑥 청첩장을 건넸다. 그

살아낸 시간이 살아갈 희망이다

일로 예은 씨는 남자들에 대한 관심을 뚝 끊어버렸다.

"그분이 결혼한다고 했을 때 기분이 어떠셨어요?"

"몇 번 둘이서 술을 마신 적도 있지만, 정말 일(1)도 관심이 없
었어요. 그런데 막상 그가 결혼을 한다니, 허탈한 마음이 생
기는 건…… 왜일까요?"

"10년이나 동고동락한 사이니, 그 정도면 복잡한 감정을 느낄
만한 일이죠."

"전 쿨한 사람이에요. 인간관계에서 감정들은 내려놓은 지 오
래됐어요."

"그럴까요? 서로의 감정을 외면하면 오히려 더 감정적인 관계
가 되는 법이에요."

몇날 며칠을 생각해도 배신감 같은 건 아니라고 했다. 하지만
예은 씨는 주변 사람들과 정리되지 않은 복잡한 감정들로 항상
고민하고 있었다. 예은 씨는 최근 몇 년간 우울증으로 힘들었다.
그녀는 자신의 우울증이 피부에 생기는 사마귀 같은 것이면 좋
겠다고 했다. 그냥 레이저로 확 지져 없앨 수 있으니까……. 우
울증은 그녀의 삶을 조금씩 집어삼키고 있었다. 그녀도 그것을
잘 알고 있었다.

"우울한 기분이 없었다면 모든 게 괜찮겠지만, …… 아니 괜
찮지도 않겠네요……."
"우울한 기분만큼 강력한 감정도 없죠. 모든 것을 좌지우지하
는 감정이니까요."

예은 씨는 몇 년째 우울증 약을 복용하고 있지만 좀처럼 나아
지지 않았다. 지인 소개로 나를 찾아온 그녀는 한 시간 가까이
자신의 일상을 조곤조곤 나지막한 목소리로 풀어냈다. 그녀는
비교적 자신에 대해 잘 알고 있었다. 따로 심리분석이나 설명을
곁들일 필요가 없을 만큼.

"누구나 관계욕구란 것을 가지고 있어요. 그것이 충족되지 않
으면 결핍감과 감정적 동요로 힘들어하게 되죠."
"선생님 말씀은 제가 외로워서 그렇다는 거죠?"
"네, 외로움은 우울만큼이나 치명적인 감정이죠."

그녀는 내 조언을 몇 마디도 듣지 않고 요점을 짚어냈다. 하지
만 자기 삶에서 원치 않는 변화가 생기지 않았으면 좋겠다고 했
다. 동호회에 가입해보라든가 독서모임 같은 곳을 참가해보라는
등의 조언은 하지 말라고 했다. 그러니 내가 딱히 해줄 조언도
없었다. 그런데도 그녀는 사람들과의 관계에 늘 목말라했다.

살아낸 시간이 살아갈 희망이다

"맞아요. 선생님 말씀대로 전, 늘 스마트폰으로 다른 사람들의 일상을 엿보고 있어요. 사람들이 살아가는 모습이 궁금해서 그런 거겠죠. 아니 외로워서……. 하지만 그렇다고 다른 사람들과 얽히긴 정말 싫어요."

"예은 씨 말대로 사람 없이 외로움을 느끼지 않을 방법을 찾아보아야 하는데요. 그게 참 쉽지가 않아요."

예은 씨는 우울증으로 고통을 받으면서도 생판 모르는 타인이 자신의 사생활을 침범하지 않기를 바랐다. 어쩌면 사람 없이도 외로움을 느끼지 않는다는 말 자체가 모순에 가까웠다. 그녀는 한국인들, 특히 한국남자들은 어쩐지 싫고 심지어 혐오스럽기까지 했다. 그런데 해외여행을 나가면, 또 전혀 그렇지 않았다. 일단 한국을 떠나면 사람들과 어울리는 것이 너무 즐거웠다. 그것이 그녀가 해외여행을 자주 가는 이유였다.

사람 없이 고독을 이기는 것은 쉽지 않다. 계율에 따라 독신상태를 지켜야 하는 종교인들조차 주변에 사람이 많은 경우가 대부분이다. 사교성이 높은 구도자가 오래 살고, 치매를 앓을 가능성도 낮다. 면벽을 한 채 토굴에서 수십 년간 도(道)를 구하는 수도승은 상상에나 존재한다. 우리 같은 보통의 인간은 '외로움'이라는 견딜 수 없는 한계를 가진 채 태어난다. 사실 외로움은 심리적 한계보다 생물학적 한계의 비중이 크다.

사회신경과학자 존 카치오포는 30년간의 추적 연구를 통해 외로움이 단순한 감정적 결함이 아니라, 뇌 기능을 손상시키는 문제임을 규명했다. 그의 연구에 의하면 사회적 고립은 개인의 건강에 치명적인 영향을 미친다. 우리가 속한 자본주의 체제는 개인의 고립을 부추기는 생활방식을 강요한다. 돈벌이에 함몰된 삶, 경쟁을 유도하는 사회 프레임, 공동체 없이 소비자와 판매자로 구획된 시공간 등이 고립을 가중시킨다.

또, 한국인이 굳이 만남을 거부한 채 외로움을 택하는 데는 복잡한 사회심리학적 환경도 있다. 전통적으로 한국인은 관계중심의 문화에 찌든 채 살았다. 그런 까닭에 집단의 시선에서 자유롭지 못하다. '내' 가족조차도 '우리' 가족이라고 말하는 우리는 타인의 삶에 함부로 간섭하는 것에 별다른 죄의식을 느끼지 않는다. 그러니 누구든 사람을 향해 한 발만 내딛어도 수십 개의 올가미로 자기 삶을 포박당하는 경험을 하게 된다. 바로 그 점을 싫어하는 사람들이 많다. '타인 과잉'의 한국사회가 타인에게서 벗어나고 싶은 갈망을 키운 것이다. 외로워도 혼자이기를 바라는 것도 바로 이런 이유에서다. 하지만 혼자의 대가는 지독한 외로움이다.

예은 씨는 이런 도시인의 외로움이 키운 우울증에 조금 빨리

걸리고 만 것이다. 무책임한 남자와의 몇 차례 연애는 우울증을
더 키웠다. 남자는 섹스만 원할 뿐 가족은 거절했다. 그녀는 연
애를 할 때 가장 우울했다. 마지막 연애가 3년 전이었다. 그녀도
우울증에서 벗어나고자 노력은 해봤다. 여행도 자주 가고, 매일
규칙적으로 조깅도 했고, 열심히 요가도 배웠지만 딱히 도움이
되지 않았다. 뭐라 할까? 그것은 러닝머신에서 떨어지지 않기 위
해 이를 악물고 달리는 느낌이었다. 러닝머신을 꺼버리자 기다
렸듯이 우울증이 벌컥 문을 열고 들어섰다.

"소개해준 사람 이야기를 들으니 책 읽기를 통해 마음을 치유
  할 수 있다고 하던데요?"
"아, 그렇지 않습니다. 잘못 생각하셨어요. 책 읽기로 친구와의
  사랑을 되찾을 힘을 얻을 수 있게 된다는 것이 정확한 말입니
  다. 결국 중요한 일은 우정과 사랑을 회복하는 일이지요."

예은 씨는 나의 대답에 낙담했다. 뭐, 외로움을 잊을 기발한
다른 방법은 없냐고 물었다.

"등산을 하거나 햇볕을 좀 더 쬐거나 화초를 가꾸거나 애완동
  물을 키우면 우울증 완화에 도움이 되겠지만, 사랑과 우정이
  가져다주는 효과에 비한다면 미미할 겁니다."

"미미하더라도 전 그 방법을 써볼래요. 대신 사람들과의 관계
　는 천천히 생각할래요."

　사람 없이 고독을 피하자는 생각은 출구가 없다. 일단 나는 예
은 씨를 위로했다. 당신이 지금까지 잘못 살아온 것도 아니고,
그러니 스스로를 질책할 이유도 없다고. 그리고 함께 '감사하는
연습'을 가져보자고 제안했다. 우울한 상태에서는 모든 것이 부
정적으로 다가온다. 자신에게 좋은 것이 있어도 좋다고 느끼지
못한다. 자신에게 주어진 작은 것들이라도 마음을 여는 것, 지금
예은 씨에게 필요한 것이 바로 그것이었다.

　우울증에서 벗어나기 위한 예은 씨의 노력이 시작되었다. 반
려견 입양과 함께 시작한 소설 읽기는 삶에 대한 감사를 늘리는
데 적격이었다. 드문드문 상담실을 찾은 예은 씨와 소설을 함께
읽었다. 루이제 린저의 《생의 한가운데》와 존 파울즈의 《프랑스
중위의 여자》는 눈물 나게 감격스러운 소설이었다. 예은 씨가 그
토록 닮고 싶은 삶을 《프랑스 중위의 여자》에서 만날 수 있었다.

　주인공 찰스는 진화론을 신봉하는 아마추어 고생물학자이다.
그는 부유한 집안의 어니스티나와 약혼한 사이다. 하지만 우연
히 만난 가정교사 사라에게 마음을 빼앗긴다. 그런데 사라는 평
판이 좋지 않았다. 엄격한 도덕률이 지배하는 빅토리아 시대에
는 여성에 대한 편견과 억압이 심했다. 프랑스 중위와 연애 경

　　　　　　　살아낸 시간이 살아갈 희망이다

험이 있는 사라는 사람들에게 창녀 취급을 받았다. 제목 '프랑스 중위의 여자'는 사람들이 그녀를 부르던 말로 "프랑스 중위 놈과 놀아난 년" 정도의 뜻이다.

찰스는 어니스티나와 사라 사이에서 갈등하지만, 사라에 대한 자신의 감정을 거부할 수 없었다. 그 후 이웃들로부터 찰스와 사라의 만남에 대한 온갖 억측이 쏟아지고, 사람들에게 지탄의 대상이 된다. 결국 사라는 마을을 떠난다. 고뇌하던 찰스는 어니스티나와의 약혼을 깨고, 자신의 모든 것들을 포기한 채 사라와의 사랑을 택한다.

이 소설은 메타픽션(metafiction) 형식을 취한다. 메타픽션은 독자로 하여금 이 소설이 가짜라는 사실을 끊임없이 상기시키는 작법이다. 《프랑스 중위의 여자》의 결말은 세 가지로 열려 있다. 바로 작가 자신이 개입해 세 가지 전혀 다른 결말을 소설에서 그려나간다. 이런 열린 결말은 독자를 실존적으로 깨어 있게 한다.

세 가지 결말은 이렇다.

첫 번째는 찰스가 사라를 선택하지 않고 어니스티나에게 다시 돌아간다는 것이다. 찰스는 사라와의 사랑이 일시적인 일탈이라 여기고, 어니스티나와 결혼해 여느 부부들처럼 평범한 삶을 산다. 연이어 등장하는 또 다른 결말은 찰스가 약혼을 파기하고 사라를 찾아 떠나는 것이다. 작가가 소설 속에 등장해 첫 번째 결말의 진부함을 설득하며 찰스의 선택을 지지한다. 그리고 사라와 찰스는 육체적 사랑을 나눈다. 놀랍게도 찰스는 그때 사라의 처녀성을 확인한다. 하지만 곧 사라는 찰스를 떠나고 만다. 여기서 다시 서로 다른 두 가지 결말이 펼쳐진다. 마치 작가 존 파울즈의 분신인 듯한 한 사내가 소설 속에 등장해 찰스에게 두 가지 결말을 제시한다. 하나는 전 유럽을 찾아 헤매던 사라가 결국 찰스의 아이를 데리고 그의 앞에 나타나고, 둘은 결혼하여 행복하게 살아간다는 낭만적 결말이다.

하지만 나머지 다른 결말은 충격적이다. 둘의 정사 이후, 사라와 찰스는 모두 자기발견을 위해 각자의 길을 떠난다는 것이다. 사랑이나 가족, 사회제도와 같은 고전적 가치들을 뒤로 한 채, 두 사람은 실존을 위한 각자의 삶을 택한다.

예은 씨와 지난 사랑들에 대해 깊이 이야기를 나눈 적이 있다. 그녀는 남자를 알 수 없다는 이야기를 자주 했다. 안타깝게도 그녀가 만난 남자들은 모두 무책임했다. 그런데 그녀는 아직 마지막 연인을 잊지 못하고 있었다. 그와의 이별에 대해 이야기하며 몹시 울었다. 이별을 제대로 정리하지 않은 것이 우울증의 원인이기도 했다. 그를 더 설득해 결혼을 했어야 했던 게 아닌가 하는 후회를 한 적도 많았다. 그래서 그녀는 사랑이 두려웠다. 그것이 이성과의 새로운 만남 자체를 차단하는 이유였다.

"어쩌면 제가 사랑공포증일 수도 있다는 말씀인가요? 그런 게
　있긴 한 건가요?"

"무엇에라도 우리는 공포나 두려움을 가질 수 있어요. 자신에
　게 사랑이 심한 불안을 줄 만한 경험이었다면, 사랑 비슷한
　것, 그것과 관련된 사소한 일이라도 떠올리면 공포를 느끼게
　되죠."

"선생님, 저 같은 사람이 많을까요?"

"네, 시간이 갈수록 줄 것 같지는 않아요. 어쩌면 요즘은 그게
　유행하는지도 모르겠어요. 누구와 관계를 맺는 것이 큰 위험
　을 감수해야 하는 일이라고 생각하는 분들이 많아졌어요."

돌이켜보면, 예은 씨에게 사랑은 되레 두려움을 주는 대상이
었다. 3년 전에 만났던 남자는 예은 씨에게 '사랑의 불신'을 확신
하게 만들었다. 그는 노는 것에는 돈을 아끼지 않았지만, 두 사
람의 미래에 대한 질문에는 늘 묵묵부답이었다. 그런 이야기를
꺼내면, "지금 좋은데, 왜 자꾸 듣기 싫은 이야기를 하느냐"며 화
를 냈다. 이혼 가정에서 자란 남자는 결혼은 사랑을 깨뜨리는 일
이라고 믿었다. 그 남자에게 독신은 선택이 아니라 필연에 가까
웠다. 하지만 어떤 식으로든 사랑은 종말이 오고, 둘은 마음을
다치며 헤어졌다.

　예은 씨는 무책임한 사람은 딱 질색이라고 했다. 한국남자가

다 무책임해서 다 질색이라고 했다. 그러니 한국남자, 누구라도 자신에게 다가오는 것이 싫었다. 그것은 지나친 일반화일 수 있다.

"맞아요. 사랑의 거의 대부분은 책임감이죠."

"제가 만난 남자들은 한결같이 끔찍했어요. 그러고 보니 연애는 했지만, 진짜 사랑은 못해본 건지도 모르겠네요."

"전 그게 꼭 무책임한 사람을 만나서라기보다는 서로 책임감 있는 사랑, 진짜 사랑에 대해 외면했던 것이 원인이 아닐까 싶어요. 사랑은 두 사람이 교류하며 그들만의 사랑을 창조해야 하는 일이죠."

"그런 건가요? 늘 하던 대로 하는 게 아니고요?"

어떤 내일도 어제와는 달라야 한다. 특히나 우울증에서 벗어난다는 것은 상처의 과거를 새로운 현재와 미래로 전환하는 일이기도 하다. 그래서 지금과 내일을 향해 마음을 여는 것이 중요하다. 지난 인연을 계속 증오할 것이 아니라, 다가올 삶의 가능성을 위한 공간을 키워야 한다. 우리의 내일은 창조적이어야 하기 때문이다.

《프랑스 중위의 여자》에서 사라는 자신이 결혼을 포기한 이유를 찰스에게 이렇게 설명한다.

살아낸 시간이 살아갈 희망이다

"전 결혼하고 싶지 않아요. 그 이유는…… 첫째, 제 과거 때문이에요. 전 고독에 길들여졌어요. 저는 늘 제가 고독을 혐오한다고 생각했었어요. 그런데 이제는 고독을 너무나 쉽게 피할 수 있는 세계에서 살고 있어요. 그러자 제가 고독을 소중히 여기고 있다는 걸 알게 되었어요. (중략) 두 번째 이유는 저의 현재예요. 전 이제껏 한 번도 인생에서 행복해지리라고 기대한 적이 없었어요. 하지만 지금 이곳에서 전 행복해요. 전 제 성미와 취미에 맞는 다양한 일을 하고 있어요. 그 일이 너무 즐거워서, 이젠 더 이상 그게 즐겁다는 생각도 못할 정도예요."

삶은 결국 각자의 몫이다. 어떤 두 사람이 만나 기꺼이 서로의 사랑을 책임지려 한다면 좋은 일이지만, 혼자라고 세상을 못 살 이유도 없다. 사실 고독은 생의 가장 지배적인 현상이다. 행복한 결혼생활을 하는 사람조차 평균적으로 인생의 절반은 혼자 지낸다. 배우자를 만나기 전, 또 배우자가 먼저 떠난 후 혼자서 삶을 감당하는 것이다. 게다가 배우자와 함께 하는 것만 좋은 삶은 아니다. 혼자인 삶도 얼마든 빛날 수 있다. 고독을 사랑할 수 있다면 가장 인생을 잘 사는 것이다.

다만 고독한 시간, 생의 한때를 피할 수 없는 운명이라도, 우리는 사랑과 우정을 위해 얼마만큼 마음을 열어야 한다. 밀려드는 고독에 맞설 용기를 가져야 하지만, 자신 가까이 진실한 관계들에 무심해서도 안 된다. 모든 인간은 살림의 관계로 맺어져 있다. 죽음으로 향하는 인간이 이 순간을 살 수 있는 것은 언제나 타인의 조력과 온정 덕분이다. 큰 그림 안에서 내가 먹는 쌀 한 톨도 타인의 정성이다. 그 사람 덕에 살고, 내 덕에 그 사람이 사는 것이다. 그들이 나의 살림이 되고, 내가 그들의 살림이 된다. 서로의 살림들이 빛나는 관계를 맺고, 그 속에 인생의 본질도 있다. 진실한 삶을 원한다면 타인을 향해 문을 열고, 우정과 사랑을 애써 받아들여야 한다.

1년 가까운 상담을 마치며 예은 씨는 책임감 있는 사람들을 만나보겠다는 인생 목표를 세웠다. 몇 년이 걸릴 지라도 말이다. 우정에 책임감을 갖는 사람을 한 명이라도 만난다면 대단한 행운이다. 어쩌다 사랑에 책임지는 사람을 만날 수 있다면 더할 수 없는 멋진 운명을 만난 것이고.

살아낸 시간이 살아갈 희망이다

사랑만 하면 자기를 잃어버리는 여자

그녀는 남자와의 섹스가 즐겁지 않았다. 하지만 남자에게 당신과의 섹스가 만족스럽고, 자주 오르가슴을 느꼈다고 말했다. 그것은 거짓이었다. 새로 사귄 남자친구는 보통의 한국남자처럼 이기적인 섹스를 했다. 혼자 즐기고 혼자 느낄 뿐이었다. 하지만 상담을 신청한 이유가 그와의 섹스에 불만이 있어서는 아니었다. 나는 이런 사실을 남자친구에게 말해보라고 했지만, 연진 씨는 남자친구가 기분 나빠 할까봐 그 말을 하지 못할 것 같다고 했다.

그녀는 늘 남자친구를 기다렸다. 남자친구의 데이트 신청을 기다렸고, 남자친구와의 여행을 기다렸으며, 남자친구의 SNS를 기다렸다. 남자친구가 바빠 시간을 자주 낼 수 없는 게 속상했다. 섹스가 만족스럽지 않은데도 연진 씨가 남자친구와의 섹스를 기다리는 이유가 있었다. 남자친구와 스킨십을 할 때, 남자친구가 자신을 그윽한 눈빛으로 바라볼 때 그녀는 안정감을 느꼈다. 그가 자신을 사랑한다는 느낌이 그녀에게 안도감을 주었다.

그런 연진 씨에게는 비밀이 있었다. 바로 우울증이었다. 그녀는 20대 초반부터 우울증으로 고생했다. 우울증 약을 먹다 안 먹다를 반복하다가 내 책《나는 내 상처가 제일 아프다》를 읽고 상담을 신청했다는 연진 씨는 자신이 왜 우울한지 알고 싶어했다. 그동안 다른 곳에서 여러 번 상담을 받았지만, 마음에 드는 이야기를 듣지 못했다. 매번 실망스러워 몇 번 이상 이어가지 못했다. 연진 씨는 나에게서는 납득할 만한 이유를 들을 것 같다고 기대했다.

"남자친구가 저를 너무 사랑하지만 저는 왜 계속 이렇게 우울한지 모르겠어요."

연애를 하면 좀 나아질 줄 알았지만, 그녀의 우울증은 여전했다. 기대했던 것과 달리 그녀의 정신은 연애로도 회복되지 못했다. 연진 씨는 자신이 우울할 이유가 없다고 했다. 예쁜 얼굴과 멋진 몸매로 늘 남자들에게 인기가 많았고, 부모님의 경제력도 좋은 편이어서 돈 걱정 같은 건 모르고 지냈다고 했다. 좀 문제가 있다면야 졸업 후에 직장을 구하지 못해 아르바이트만 전전

살아낸 시간이 살아갈 희망이다

하다가 지금은 집에서 쉬고 있었다. 사실 그녀는 이렇게 백수로 지내는 것이 싫지만도 않았다. 한번은 대뜸 이렇게 말했다.

"철학자 러셀이 말했잖아요. 문명인은 게으름을 누릴 수 있어야 한다고요."

사실 러셀의 정확한 표현은 "근로가 미덕이라는 믿음이 현대 사회에 막대한 영향을 끼치고 있다. 따라서 행복과 번영에 이르는 길은 조직적으로 일을 줄여나가는 것"이다. 그것은 자본주의 사회의 소외된 노동에서 벗어나 가치 있고 의미 있는 일을 추구하는 삶이 인간답다는 뜻이다.

하지만 연진 씨의 일상이 러셀이 말한 가치 있는 '여가'인지는 의문이었다. 나는 연진 씨에게 아직 아이에서 어른으로 나아가지 못한 것이 문제라고 했다. 이미 내 책을 읽어 알고 있던 연진 씨는 기다렸다는 듯이 고개를 끄덕였다.

상담 초반, 우리는 피터팬 신드롬에 관해 이야기를 나누었다. '피터팬 신드롬'은 심리학자 댄 카일리가 소설 《피터 팬》의 주인공 피터 팬에게서 영감을 얻어 만든 용어이다. 그는 저서 《피터 팬 증후군 : 결코 자라지 않는 남자들》에서 미국사회에 만연한 '어른 아이' 현상을 분석했다. 나이로는 어른이 되었음에도 자신에게 주어진 책임을 회피하고, 퇴행적인 지대에서 벗어나지 못하는 심리를 일컫는 말이다.

"성인이 되었다고 모두 성인인 것은 아니죠. 자기 삶을 감당하
려는 책임감이 있어야 비로소 성인이라 할 수 있죠. 우리는
성장하며 책임감을 가장 잘 배워야 해요."

연진 씨는 내 말에 자주 손뼉까지 치며 감탄했다. 늘 생각해왔
던 자신의 문제들을 잘 짚어준다는 것이었다.

"하지만 어떻게 제가 다시 어른으로 성장할 수 있을까요?"

물론 쉽지 않은 일이었다. 가야 할 길이 가깝지만은 않았다.
우리는 그녀가 자신을 잃어버린 과정에 대해서도 오래 이야기를
나눴다. 그녀의 자기상실 뒤에는 부모, 특히 엄마가 있었다. 연
진 씨의 어머니는 자식의 교육에 관심이 많았다. 하지만 그녀의
어머니는 자녀가 자기 안의 모습들을 만날 수 없게 방해하는 부
모였다.

치명적인 양육과 자기상실 사이에는 관계가 있다. 부모의 잘
못된 양육이 자기상실의 원인일 수 있는 것이다. 양육학자 미셸
보바는 7가지 치명적인 양육을 제시한다. 그 첫 번째가 '헬리콥
터 양육'이다. 이는 부모가 아이의 주변을 계속 맴돌며 아이의

살아낸 시간이 살아갈 희망이다

일거수일투족을 감시하고 간섭하는 양육이다. 헬리콥터 양육을 받고 자란 아이는 무기력하고 독립심이 부족하다. 아직 배울 준비가 되지 않은 아이에게 학습을 강요하는 인큐베이터 양육과 함께 한국의 부모들이 저지르기 쉬운 잘못된 양육방법이다.

연진 씨에게 '학습된 무기력(learned helplessness)'에 대해서도 알려주었다. 학습된 무기력은 우울증의 기저를 알려주는 심리개념이다. 심리학자 마틴 셀리그만은 동물 실험에서 '학습된 무기력'을 발견했다. 실험 대상 개에게 전기충격을 주고 개가 스스로 전기충격을 끌 수 있도록 허용하자, 개는 전기충격을 받았을 때 전원스위치를 스스로 끄고자 노력했다. 하지만 가죽 끈에 묶여 전기충격 스위치를 끌 수 없게 되자, 슬픈 표정으로 바닥에 엎드려 있었다. 자신을 묶은 끈이 사라진 이후에도 말이다. 이처럼 무기력을 배운다는 것은 자기통제력이 훼손되는 것이다. 자신의 삶을 통제하고 싶은 욕구를 스스로 체념하는 일이다.

고3 시절, 연진 씨도 학습된 무기력 상태였다. 그녀는 어머니가 짜놓은 학원 스케줄에 따라 대치동 학원가를 밤늦도록 순례했다. 악을 쓰며 반항해본 적도 있었지만 소용이 없었다. 어머니에게는 대단한 무기가 있었다.

"바보야, 너가 몰라서 그래, 한국에서 좋은 대학을 못 나오면 인생이 끝장나는 거야."

그녀는 당시 이 말에 굴복하고 말았지만, 지나고 보니 어머니의 말은 완전히 틀린 것이었다. 괜찮은 대학을 나왔지만, 오히려 연진 씨는 자기 삶이 복구불능이라고 느꼈다. 그녀는 어머니를 엄마라고 부르지 않았다. 그것은 깊은 거리감이었다. 하지만 아이러니하게도 연진 씨는 여전히 어머니의 심리적 그늘에서 벗어나지 못하고 있었다. 자신을 묶고 있던 끈이 더 이상 존재하지 않는데도 말이다. 여전히 엄마의 눈치를 보고, 말할 때도 지나칠 정도로 남의 마음부터 신경을 썼다. 그것은 마치 인질처럼 어머니의 손바닥에서 벗어나지 못하는 느낌이라며 그녀는 자신의 마음을 설명했다. 아르바이트마저 완전히 그만둔 2년 전부터 그녀는 어머니의 감독과 감시에서 더 자유롭지 못하게 되었다. 그런 그녀에게 오직 연애만이 숨 쉴 수 있는 공간을 주었다. 그래서 연애의 상대가 누구인지는 그리 중요하지 않았던 것이다. 하지만 그녀의 연애는 오래가지 못했다. 항상 헤어지고, 힘들어하고 다시 사귀기를 반복했다.

타고난 기질 역시 원인 중 하나였다. 그녀는 거절민감성이 높은 사람이었다. 거절민감성(rejection sensitivity)은 글자 그대로 거절에 민감한 심리를 뜻한다. 거절민감성이 높으면 상대방에게 미움받을까봐 거절을 잘 하지 못한다. 그러다 거절을 당하면 쉽게 우울해지고 부정적인 생각에 사로잡힌다. 거절당할까봐 노심초사하기 때문에 인간관계도 힘들 수밖에 없다. 거절민감성에 대한 설명을 듣고 연진 씨는 바로 자신을 두고 하는 말이라고 했다. 연진 씨의 내면에는 거절이란 있어서는 안 될 일이었다.

연진 씨의 경우 어린 시절의 건강하지 않은 양육이 거절민감성을 한층 강화시켰던 것이다. 양육 과정에서 부당한 제재를 자주 경험하면 거절민감성이 높아질 수밖에 없다. 결국 그녀는 거절 자체를 두려워하게 된 것이다. 이렇듯 타고난 성격과 바람직하지 않은 성장 과정이 합쳐져 연진 씨는 피터팬이 될 수밖에 없었다.

다섯 번이 넘는 상담 이후에야 그녀는 꽁꽁 숨겨왔던 비밀을 하나 털어놓았다. 그것은 누구에게도 말하고 싶지 않던 비밀이었다. 그녀를 즐겁게 해주는 것은 바로 섹스 토이숍에서 산 일본산 바이브레이터였다. 그녀는 청소년 시절부터 자위를 했다. 스트레스를 감당하기 힘들 때마다 자위를 했는데, 어느새 중독 상태에 빠져 있었다. 그녀는 상담에서 자위의 중독에서 벗어나고 싶다고 말했다.

우리는 함께 욕구 탐색을 진행했다. 그것은 심연에 갇힌 자아를 찾아내는 긴 여정이었다. 그녀의 소망은 셀 수 없을 정도로 많았다. 우선 모두에게 인정받고 싶었다. 일에서도 성공하고 싶었다. 주체적인 사람이 되고 싶었다. 사랑도, 가족도, 일도 모두 쟁취하고 싶었다. 그렇다면 그녀는 자신의 욕구를 상대에게 솔직히 말하는 법부터 다시 배워야 했다. 연진 씨는 나와 자기주장 훈련을 연습했다. 상담실에서 "싫어요. 전 그것을 원치 않아요"라고 말하기를 반복했다. 거절의 말을 하면서 연진 씨는 눈물을 흘렸다. 착한 아이, 착한 여자로 살아오며 자기주장을 하지 못했던 기억들을 후회하고 슬퍼했다.

자기주장 훈련(assertiveness training)은 자신의 욕구를 분명하게 인식하고, 타인에게 구체적으로 요청하는 방법을 훈련하는 심리치료 방법이다. 자기주장 훈련에서 중요한 태도 역시 경청, 예의, 공감, 합리적인 설명, 정직, 솔직함이다. 자신의 욕구를 상대에게 솔직하게 전달하되, 그럴 때라도 항상 상대의 말을 경청하며 예의를 갖추어야 한다. 그리고 상대의 의견에 온전히 공감하며 정직하게 자신의 생각과 마음을 전달할 수 있어야 한다.

연진 씨의 첫 번째 자기주장 훈련 대상은 어머니였다. 그녀는 어머니에게 자신의 욕구를 정확하게 말하기 시작했다. 몇 번의 마찰이 있었지만, 어머니 역시 그녀의 조력자가 되어주었다. 사실 자아를 세우지 못하는 딸의 비극은 대물림된 것이었다. 연진 씨의 어머니 역시 평생 딸, 아내, 어머니의 관습화된 고정 역할에서 자유롭지 못했다.

어느 날 어머니는 연진 씨와 함께 상담실을 찾아왔다. 어머니의 이야기를 들어보니, 연진 씨의 어머니 역시 강한 어머니 때문에 어릴 적부터 기를 펴지 못하며 살았다. 자신이 원하는 것이 아닌 부모가 바라는 삶을 살았던 것이다. 자신의 일을 몹시 하고 싶었지만, 어머니의 강요에 못 이겨 일찍 결혼을 하게 되었고, 결국 피할 수 없었던 아내와 어머니의 자리를 지킬 수밖에 없었다. 자신의 목소리가 유난히 큰 것도 자신의 어머니를 닮아서라고 했다. 하지만 거침없이 말을 하고 나면 내내 후회한다는 것이었다. 자신의 거친 말투 때문에 연진 씨가 많은 상처를 받았을 거라며 눈물을 보이기도 했다.

내친 김에 나는 어머니에게 연진 씨의 독립을 제안했다. 다행히 어머니는 흔쾌히 허락했다. 이후 연진 씨와 경제적 자립의 중대성에 대해서 많은 이야기를 나누었다. 스스로 돈을 벌고, 독립적인 생활을 하는 것이 가져다주는 가치와 심리적 이득에 대해 여러 차례 상담했다.

여성의 자존감을 이야기할 때, 나는 버지니아 울프의 에세이 《자기만의 방》을 자주 권한다. 이 책은 어떤 심리서보다 더 강력하게 여성의 자존감을 가르친다. 울프는 여성에게 '자기만의 방'과 '연간 오백 파운드'라고 상징되는 경제적 자립과 시공간이 주어질 때 여성의 실존이 높아진다고 했다. 울프는 가부장제 아래 억눌린 여성과 여성작가의 창조성이 고갈되는 과정을 설명하며 예전의 여성작가, 여성의 목소리에 개성이 부족했던 원인을 정확히 짚어낸다. 예를 들어 버지니아 울프는 응접실에서 소설을 쓰다가 다른 사람이 나타나면 얼른 원고를 숨겨야 했던 제인 오스틴에게 만약 자기만의 방이 있었다면 더 나은 소설을 창조했을 것이라고 가정한다. 또, 셰익스피어의 누이에게 자기만의 방과 살아갈 경제적 자립이 보장되었다면, 그녀는 셰익스피어를 능가하는 작품을 남겼을지도 모른다고 상상한다.

연진 씨와도 '자기만의 방'에 대해서 이야기를 오래 나누었다. 그녀는 당시 결혼과 취업 사이에서 고민하고 있었다. 마침 이전 직장에서 함께 일했던 대학 선배가 창업을 하며 사람을 구하고 있었다. 연진 씨에게 함께 일할 생각이 없냐는 제안을 한 상태였다. 그녀가 평소 꼭 해보고 싶었던 분야였다. 연진 씨는 일을 시작하면서 조금씩 달라졌다. 어머니의 집에서 멀리 떨어진 곳에 자기만의 방을 만든 연진 씨는 하루가 다르게 용감해졌다. 그토록 무서워하던 운전도 다시 도전했고, 상담이 종료될 즈음에는 멀리까지 혼자서 운전하고 올 정도가 되었다. 그리고 몇 개월 사귄 그 남자에게도 결별을 통보했다. 그러면서 당신을 사랑하지 않는다고, 당신의 섹스는 여성을 배려할 줄 모르는 빵점짜리라는 사실도 함께 전했다.

살아낸 시간이 살아갈 희망이다

사는 게 재미없던 남자

"이따금 열쇠를 찾아내어 완전히 내 자신 속으로 내려가면, 거기 어두운 거울 속에서 운명의 영상들이 잠들어 있는 곳으로 내려가면, 거기서 나는 그 검은 거울 위로 몸을 숙이기만 하면 나의 고유한 모습을 본다. 그것은 이제 그와 완전히 닮아 있다. 그와, 내 친구이자 나의 인도자인 그와."

— 헤르만 헤세, 《데미안》

헤르만 헤세의 소설 《데미안》의 마지막 구절은 심리학자 칼 구스타프 융의 이론을 알면 이해가 쉬워진다. 헤세와 융의 관계는 처음에 비밀로 부쳐졌다. 헤세는 30대에 정신적 방황을 겪었다. 아내가 정신분열병에 걸렸고, 아들 역시 우울증으로 자살을 시도했으며 본인 역시 우울증으로 힘든 시간을 보냈다. 급기야 그는 심리치료를 시작했고, 융을 만나 직접 치료를 받았다.

《데미안》은 헤세가 정신적 방황의 마침표를 찍고 깊은 곳의 자아와 대면했던 경험을 그려낸 작품이다. 《데미안》의 주인공 싱클레어는 내면 탐색을 통해 자기 자신을 발견한다. 데미안이라는 거울 속에서 '나의 고유한 모습'을 만난 것이다.

사실 대부분의 사람들은 자신의 고유한 모습을 발견하지 못한 채 살아간다. 40대 가장 희섭 씨도 그랬다. 그는 중년의 문턱에서 방향 상실이 고통스러웠다. 도무지 사는 게 재미없었다. 자신의 뜻대로 하는 일이 하나도 없었다. 왜 사는지 당최 몰랐다. 책을 읽는 것이 그나마 유일한 위안이었다. 그러다 내 책《치유의 독서》를 읽고 상담을 받기에 이르렀다. 처음에는 혼자서 우울증을 해결해보려 했지만, 오히려 우울감이 심해져서 상담을 받게 되었다.

그는 가난한 농부의 장남으로 자수성가했다. 도청소재지에 있는 지역 명문고를 나와 서울의 명문대에 합격했고, 대기업에 취업해 어느덧 50을 바라보는 나이가 되었다. 우리에게는 공통점이 있었다. 그도 나와 같은 해 아버지를 여의었다. 희섭 씨는 그일이 자신을 돌아보는 전환점이 되었다고 했다.

"선생님, 욜로(YOLO)라는 말 아시죠?"

"네, 'you only live once'라는 말에서 유래된 말이죠."

살아낸 시간이 살아갈 희망이다

"한 번 뿐인 인생인데, 나는 왜 이렇게 사나 하는 생각이 들 때가 한두 번이 아니거든요. 어떤 날은 종일 그 생각만 할 때도 있어요."

"희섭 씨가 진심으로 하고 싶은 일이 있나요?"

오래전에는 있었지만, 지금은 현실성이 없는 일이라며 쓴웃음을 지었다. 상담을 하며 우리는 공통점을 하나 더 발견했다. 둘다 학창 시절 화가가 되고 싶었으나 집안 형편 때문에 꿈을 접었다는 사실이다. 희섭 씨는 중학교 때까지 그림을 잘 그려 상을 많이 받았다. 주변에서 너는 화가가 되라고 권유하던 사람이 많았다. 그러나 가난한 형편에 다섯 남매의 맏이였던 그는 꿈을 포기할 수밖에 없었다. 그도 나처럼 꿈을 잃은 좌절감 때문에 방황했다. 하지만 이미 한참 지난 일인데, 그것이 지금 삶에 영향을 미칠 거라고는 생각하지 못했다. 꿈을 접었다고 해서 지금 오십을 앞두고 뜬금없이 우울할 수 있겠느냐는 것이다.

사실 그는 자신이 우울해서는 안 될 사람이라고 했다. 남들 눈에는 충분히 부러운 삶을 살고 있기 때문이었다. 동창들을 가끔 만나는데, 다들 대기업 임원인 자신을 부러워한다는 것이다. 나머지 형제 중 누이들과 남자 형제 하나는 자신과 둘째 남동생 때문에 대학도 가지 못했고, 지금도 시골에서 농사를 짓고 있었다. 가끔 농사일을 도우러 가면 늘 미안한 마음이 든다는 것이다.

그래서 이 우울증이란 요물은 그에게 주제 넘는 것이었다.

나는 혹시 화가가 되기 위해 진로를 바꿔볼 생각을 해보지 않았는지 물었다. 그는 군대에서 뒤늦게 산업디자인이라는 전공을 알았고, 전망이 밝은 분야라고 들어서 디자이너의 길을 진지하게 고민했었다. 제대하고 다시 수능을 쳐서 미대에 진학할 생각까지 했지만, 제대 후 고생하시는 부모님을 보고 끝내 포기하고 말았다.

그의 삶이 재미없는 이유는 당연했다. 하고 싶지 않은 일을 하고 있으니, 사는 게 재미있을 리 없었다. 희섭 씨의 삶에는 언제부터인가 기쁨이 사라졌다. 무감동, 무감각뿐이었다. 자기상실의 시간이 그의 삶을 채워가고 있었다. 자기상실은 내면의 암과 같았다.

인생의 가장 아픈 감정 중 하나는 지나온 일에 대한 후회이다. 우리는 왜 더 빨리 그 일을 그만두지 못했던가, 왜 그 일을 조금 더 빨리 시작하지 못했던가, 하며 후회한다. 둘 중 우리를 더 아프게 하는 것은 왜 좀 더 빨리 원하지 않는 일을 그만두지 못했던가 하는 후회이다. 이미 저질러놓은 일들 때문에 사람들은 앞으로 나아가지 못한다. 소위 '매몰 비용의 오류'에 자주 빠지는 것이다. 심리학자 대니얼 카너먼은 "매몰 비용의 오류 때문에 사람들은 열악한 일자리, 불행한 결혼, 전망 없는 연구 프로젝트에 계속 집착하고 매달린다"고 했다.

자기상실의 후회에서 벗어나려면 무엇보다 나 자신을 알아야 한다. 인생은 평생에 걸쳐 자기만의 일을 찾는 여정에 가깝다. 우리는 인생의 40퍼센트를 일을 하며 보낸다. 소명의식을 느끼게 하는 일을 하는가, 그렇지 않고 돈이나 명예 정도만을 주는 일을 하는가에 따라 삶의 질은 확연히 달라진다. 행복이나 만족은 소명감을 갖고 일할 때 높아지는 것이다.

철학자 루카치는 "하늘의 빛나는 별들을 보고 갈 수 있고 또 가야만 하는 길의 지도를 읽을 수 있었던 시대는 얼마나 행복했던가? 그리고 별빛이 그 길을 환히 밝혀주던 시대는 얼마나 행복했던가?"라고 했다. 그런데, 지금 우리는 별을 지키기 힘든 시대를 살고 있다.

칼 융이 말한 '페르소나(persona)'를 외적 인격이라고 번역하기도 한다. 인간은 사회적 관계 속에서 살아간다. 사회적 관계에 적응한 개인이 만들어내는 인격이 바로 페르소나이다. 페르소나는 원래 배우가 쓰던 '가면'이라는 뜻이다. 모든 개인은 사회적 관계 속에서 가면을 쓰면서 살아간다. 자기를 잃어버리기 쉬운 우리의 삶에서 어떻게 나를 찾을 수 있을까?

하루는 희섭 씨에게 그림책 한 권을 읽게 했다. 요르크 슈타이너와 요르크 뮐러가 함께 만든 그림책《난 곰인 채로 있고 싶은데……》이다. 주인공은 곰이다. 어느 날 동면에서 깨니 굴 주위에 공장이 들어섰다. 곰은 저도 모르게 공장 노동자가 된다. 얼굴의 털을 면도하고 공장에 들어가 정해진 일을 하는 장면은 가장 인상적이다.

책을 덮고 희섭 씨는 한참 말이 없었다. 어떤 느낌이나 생각이 드는지 대답해보라는 내 말에 묵묵부답이었다.

"나네요. 그래서 제가 불안하고 우울한 거죠."
"많은 사람이 이렇게 살았고, 또 살고 있죠."
"지금 동면이 필요한 것 같아요."

희섭 씨는 상담실 책상 위에 놓인《데미안》에도 관심을 보였다.

"헤세는 칼 융에게 직접 상담을 받았다고 해요. 그도 우울증으로 고생했거든요.《데미안》은 '페르소나'에서 갇힌 삶을 벗어나 진정한 자기를 찾아가는 여정을 그리고 있죠."
"전, 아직 못 읽어봤어요. 학창 시절, 뭐가 그리 바빴는지 읽지 못했어요."

희섭 씨는 처음으로 헤세의 소설을 읽었다.《데미안》이 가져다준 울림과 전율은 경험한 적 없는 것이었다.

살아낸 시간이 살아갈 희망이다

융의 사상에서 개성화(Individuation), 혹은 자기실현은 매우 중요한 개념이다. 개성화는 사회에 적응한 채 자기 자신을 상실하며 쓰게 된 페르소나를 벗고 내면의 에너지를 창조적으로 쓸 수 있는 정신적 단계에 이르는 것이다. 종교철학자 프레데릭 르누아르는 융의 개성화를 설명하며 '저항하는' 자기실현의 삶을 이렇게 표현한다.

"개성화 과정은 이중의 자기성찰에 근거한 인연 벗어나기 작업이다. 이중의 자기성찰은 나에게 맞지 않은 것, 참다운 내가 아닌 것을 자각할 뿐 아니라 진정한 자기 자신, 참다운 자기 요구와 뿌리 깊은 본성도 자각하는 것이다. 나는 어쩌다 보니(혹은 운명적으로) 이 가정, 이 문화에서 태어났지만 그 가정과 문화의 사유와 신념이 나의 본성을 짓눌러서는 안 된다. 또한 집단무의식의 결과가 나의 본성을 짓눌러서도 안 된다."

― 프레데릭 르누아르, 《철학, 기쁨을 길들이다》

내가 그랬던 것처럼 희섭 씨에게도 《데미안》은 가면을 벗고 진실한 자기를 발견하라고 알려주었다. 융은 중년의 삶은 "외부와의 싸움이 아니라, 자신의 무의식과의 싸움"이 필요하며, "자아를 성숙시키고 자기실현을 이루어가는" 목적 있는 삶이어야 한다고 했다.

나는 희섭 씨에게 잘 아는 화가를 한 명 소개해주었다. 그는 그분의 화실에서 다시 미술을 배우기 시작했다. 그림을 다시 그리기 시작하며 언젠가 소박한 개인전을 열겠다는 포부를 밝혔다. 그의 얼굴에서 살짝 빛이 나는 것 같았다.

분통이 터져서 못살겠어요

내 또래 남성이 상담을 받으러오는 경우는 흔치 않다. 심리적 문제가 있어도 무시하는 경우가 대부분이다. 중년 남성들이 심적 문제에 허덕이지만 술이나 체념, 화나 폭력으로 풀기 다반사다. 그렇게 자랐고, 그렇게 강요당하며 살아왔기 때문이다. 그러니 마음의 병이 곪아터질 때까지 버틸 수밖에 없는 것이다.

철훈 씨는 상담 당시 마흔넷, 나와 동갑이었다. 이렇게 남자 상담가와 남자 내담자가 만나는 일이 희귀한 일이었다. 나는 그를 만나자 약간 흥분되는 마음을 감출 수가 없었다. 상담실에서 만난 그는 단단히 화가 나 있었다.

"남자 상담가가 없더라고요. 저는 남자 상담가가 필요했어요, 나를 이해해줄 만한…… 그 새끼를 정말 죽이고 싶어요. 정말 화가 나요."

그는 막힘없이 분노를 풀어냈다. '그 새끼'는 다름 아닌 처남이었다. 최근 아내와 격렬하게 싸운 뒤로 지옥 같은 마음에서 벗어나지 못하고 있었다. 하루에도 열두 번 죽고 싶다는 생각이 불쑥불쑥 들었다. 사실 그의 우울과 화는 오랜 시간 누적된 것이었다. 그런데 이번만은 도저히 견딜 수가 없었다. 그는 시한폭탄 같았다.

얼마 전 '그 일'이 있은 후로 잠을 이룰 수가 없었다. 새벽에도 벌떡 일어나 얼음물을 벌컥벌컥 마실 때가 많았다. 그는 분노를 도무지 참지 못하는, 흔히 '분노조절장애'라 불리는 '외상 후 격분장애(post-traumatic embitterment disorder)' 상태였다.

철훈 씨는 강남의 한 대형학원의 사무장으로 일하고 있었다. 그는 상담 받기 전, 처남인 원장과 크게 언쟁을 벌였고 곧장 일을 그만두겠다고 했다. 그 처남은 자신과 누나는 뼈 빠지게 일하는데, 매형은 팔자 좋게 논다고 생각했던 모양이다. 그날은 철훈 씨에게 "매형이 학원에서 하는 일이 뭔데?"라며 막말을 했다. 늘 싫은 소리를 꿀꺽 삼키고 마는 소심한 철훈 씨도 그 순간만큼은 가만히 있지 않았다. 하지만 학원의 대표인 아내는 오히려 그를 말렸다. "꼬박꼬박 월급 나오고, 일도 너무 편하기만 한데 기분 좀 상하다고 그만둔다는 게 가장으로서 할 일이냐"고 쏘아붙였

살아낸 시간이 살아갈 희망이다

다. 아내와 언쟁을 벌인 후 두 사람은 각방을 쓰고 있었다.

"마누라란 사람이 남편 말은 듣지 않고, 나이도 한참 어린 그
새끼한테 알아서 기라는 말이나 하니⋯⋯ 저런 여자랑 계속
살아야 하나요?"

그는 감정이 북받쳐 오르는지 눈물을 글썽거렸다. 이제 처남
얼굴은 꼴도 보기 싫었다. 골프채나 무슨 물건 같은 것으로 가격
하고 싶은 충동을 느낄 때도 있었다. 혹시나 사고라도 날까봐 일
부러 피해 다녔다.

지금의 학원은 아내와 처남이 20년 넘게 일군 곳이었다. 작은
학원을 인수해 학생을 늘려가며 이전을 반복해서 지금에 이르
렀다. 자신 역시 학원 초창기부터 안팎의 궂은일을 도맡아 하며
두 사람을 도왔다. 그런데 학원 사업 자체가 사양 산업이어서 최
근 들어 학원 매출이 뚝 떨어졌다. 세 사람 사이도 갈수록 갈등
이 심해지고 있었다. 회의를 한다고 했다가 언쟁만 벌이다 끝나
는 일이 잦았다. 그런데 철훈 씨는, 그 둘은 남매 사이니 서로 편
을 먹고 자신을 더 몰아붙인다고 생각했다.

철훈 씨는 자기 자리에 대한 위기의식이 심했다. 학원에서는
이사라는 직함을 달고 있지만, 강사처럼 강의를 하는 것이 아니
다보니 아무래도 자신의 존재감을 드러내기 쉽지 않았다. 처음

부터 처남에 대한 열등감이 컸고, 그런 비교가 자존감을 망가뜨리는 가장 큰 원인이었다. 여기에 자신의 자리가 흔들린다는 위기감은 그 불안을 더욱 키웠다. 그의 진짜 문제는 내면에 쌓인 불안과 분노였다. 그는 매우 불안했고 단단히 화가 나 있었다.

분노는 말할 수 없이 치명적인 감정이다. 폭력과 범죄는 분노의 단계를 통과할 때가 많다. 그래서 무턱대고 화를 내는 것은 아무 도움이 되지 않는다. 서른 초반, 나도 화로 똘똘 뭉친 사람이었다. 별것도 아닌 것에 노상 화를 냈다. 지독한 분노에 온몸이 멍들 지경이었다. 그 시절 내가 스스로를 치유하기 위해 경전처럼 손에 꼭 쥐고 있던 책이 있다. 틱낫한 스님의 《화》였다. 스님은 화가 우리 정신에 백해무익함을 이렇게 설명하고 있다.

"(화가 났을 때) 베개를 아무리 주먹으로 쳐도 소용없다. 베개를 주먹으로 아무리 쳐봤자 화가 없어지지 않고, 화의 실체를 더욱 보지 못하게 될 따름이다. 아니, 베개의 실체조차도 보지 못하게 된다. 베개의 실체가 눈에 보이면, 그것이 단지 베개일 뿐 적이 아니란 것을 모를 리가 없다. 베개를 주먹으로 칠 이유가 도대체 무엇인가? 그것은 단지 지금 내리치고 있는 것이 베개일 뿐임을 모르기 때문이다."

불교신자는 아니었지만, 철훈 씨는 불교에 거부감이 없었다.

어머니가 독실한 불교신자라서 여전히 어머니를 따라 자주 절에 간다고 했다. 나는 다행이라며 그에게 스님의 《화》를 읽어오라는 숙제를 내주었다.

상담을 해보니 철훈 씨와 처남, 그리고 아내가 화의 소용돌이에서 왜 멈출 수 없는지 알게 되었다. 바로 비난과 막말 때문이었다. 셋은 모두 단단히 화가 나 있었다. 서로의 실수와 잘못을 마음에 꽁꽁 담아두고 있었다. 화를 참지 못해서 막말을 하고, 막말을 들으니 더 화가 치솟아 더 심한 막말을 하는 악순환이 이어졌다.

인간관계를 망치는 첫째 요인 중 하나는 막말이다. 대체로 화가 치밀어 오를 때, 해서는 안 될 말을 뱉을 때가 많다. 하지만 이럴 때의 막말은 자신의 의도나 욕구가 아닌 경우가 많다. 분노가 본래의 마음을 왜곡시킬 때가 많기 때문이다. 예를 들어 "나는 당신에게 관심 받고 싶어요"와 같은 욕구도 "넌 나한테 아무 관심도 없지!"와 같은 비난의 말로 변질되기 쉽다.

우리의 뇌는 막말에 민감하다. 인간이 언어적 동물인지라 막말은 뇌리에 깊이 새겨져 쉽게 지워지지 않는다. 그 말을 한 상대의 감정카드에는 '분노'라는 낙인이 찍히고, 상대를 볼 때마다 분노가 치밀어 오르기 쉽다.

철훈 씨와 처남은 유독 서로 사오정처럼 말하고, 또 그 말을 사오정처럼 받아들이고 있었다. 여성에 비해 친화성과 언어지능이 뒤처지는 남성들은 소통에 취약하기 쉽다. 게다가 철훈 씨는 입을 꾹 다물고 묵묵히 자기 일만 하는 유형이었다. 그것이 바쁜 처남이 매형을 빈둥거리며 논다고 오해하기 쉬운 원인이었다.

철훈 씨는 처남에게 20년 가까이 자기 PR을 거의 하지 않았다. 하지만 새로 들어온 20대 젊은 강사들은 별것 아닌 것도 꼬박꼬박 처남에게 자랑했다. 어떤 학생이 자신의 강의가 너무 재밌어서 엄마에게 자랑했다는 식의 자화자찬 같은 것이었다. 하지만 철훈 씨는 날을 꼬박 새워 만든 광고 전단에 대한 이야기조차 한 번도 해본 적이 없었다. 그는 디자인을 전공해 모든 학원 게시물을 직접 만들고 있었다.

처남과 함께 상담을 온 날, 나는 두 사람에게 남자들 사이의 소통이 왜 미숙한지, 어떻게 돈독한 관계를 만들 수 있는지를 설명했다. 상담 후, 둘은 내 조언에 따라 몇 시간에 걸쳐 서로의 속마음을 털어놓는 시간을 가졌다. 며칠 뒤 둘은 처음 함께 산행을 갔다 오기도 했다. 함께 산을 오르며 이런저런 이야기를 나누었고, 서로에 대해 몰랐던 새로운 사실들을 많이 알게 되었다. 한 번 더 그 따위 소리를 하면 면상을 갈기겠다고 벼르던 철훈 씨는 어느 새 처남과 함께 늙어가는 40대 가장의 어려움을 공감하는 사이가 되었다.

화가 무조건 나쁜 것은 아니다. 화는 인간의 생존을 가능하게

살아낸 시간이 살아갈 희망이다

했던 핵심 감정이다. 때로 정당한 분노는 정신건강에 이로울 수 있다. 그런데도 화를 내야 할 때 제대로 화를 내지 못하고 참으면, 분노는 쉽게 우울이나 불안감으로 변질되고 만다. 하지만 작은 일에도 일일이 화를 내다보면 이 역시 마음을 어지럽히는 일이다. 틱낫한 스님은 화의 마수에서 벗어나려면 자각의 에너지가 생성될 수 있도록 의식을 깨우고, 몸과 호흡을 가다듬으라고 조언한다. 화를 다스리기 위해서는 내 안에 잠들어 있던 '깨어 있음'을 회복하는 일이 중요하다.

틱낫한 스님은 분노가 내 안에 들어찰 때, 분노에서 한 걸음 물러서보라고 말한다. 분노가 생겼을 때, 한 걸음 물러서서 화를 내고 있는 자신을 제대로 떠올려보는 것이다. 분노의 감정은 분노의 대상과 원인으로 인해 촉발되지만, 일단 분노에 빠지면 중심은 이제 자신이 품은 파괴적인 감정 그 자체가 되고 만다. 이때 잠시 멈추고 찬찬히 따져보아야 한다. 과연 내가 지금 화를 내는 것이 온당한지 아니면 부당한지, 그 감정의 정당성을 살펴보는 것이다.

처남과의 문제가 해결된 이후에도 철훈 씨는 몇 번 더 상담을 받았다. 좋은 마음을 발견하니 좋은 마음에 더 욕심이 난다는 것이었다. 철훈 씨는 마음챙김 명상을 배우며 좀 더 깊은 평온과 평정심에 도전할 수 있었다. 내가 일러준 대로 하루 3차례 20분씩 명상을 꾸준히 실천했다. 또, 철훈 씨에게 깊은 내적 평화를 선사한 또 한 권의 치유서가 있다. 바로 달라이 라마와 그의 벗 빅터 챈이 함께 대화로 풀어낸 《용서》라는 책이다. 달라이 라마는 용서는 지극히 이기적인 것이라고 말한다.

"용서는 단지 우리에게 상처를 준 사람들을 받아들이는 것만을 의미하지는 않는다. 그것은 그들을 향한 미움과 원망의 마음에서 스스로를 놓아주는 일이다. 그러므로 용서는 자기 자신에게 베푸는 가장 큰 자비이자 사랑이다."

철훈 씨는 상담 초반에 이 책을 접하고 분노를 대부분 진화할 수 있었다. 나와 상대를 위한 최고의 자비는 용서다. 분노는 용서를 통해서 녹여낼 수 있다.

살아낸 시간이 살아갈 희망이다

완벽해질수록 불행해지고

세진 씨는 완벽주의자였다. '슈퍼우먼' 세진 씨는 지금까지 좋은 아내, 좋은 엄마에다 뛰어난 커리어우먼이었다. 시댁 어른에게도 좋은 며느리였다. 하지만 그녀의 내면은 힘겹기만 했다. 까다롭고 예민한 기질을 타고난 세진 씨는 어릴 적부터 완벽주의 기질이 강했다. 언젠가 세진 씨의 상담에 동행했던 그녀의 어머니는 어릴 적부터 남달랐던 세진 씨에 대해 이렇게 말했다.

"뭐 하나라도 뜻대로 안 되면 딸이 견디질 못했어요."

세진 씨의 어머니는 딸 때문에 자신도 무척 속을 끓였다고 했다. 어릴 적부터 풀리지 않는 일이 있을 때면 짜증을 고스란히 엄마인 자신에게 쏟아냈기 때문이다. 이토록 많은 심리문제를 안고 살면서도 이제야 상담을 받는다는 사실이 놀라울 따름이었다. 그녀는 이전까지 단 한 번도 정신과 치료나 상담을 받아본 적이 없었다.

　"아주 오래전부터, 아니 십대 시절부터 스트레스나 우울감이 무척 심했을 텐데요?"

　다행인지 불행인지 고비 때마다 구원자들이 나타났다. 우울과 불안으로 고통스러웠던 고1 때는 좋은 담임선생님을 만나 어려움을 이겨낼 수 있었다. 대학시절에는 헌신적이었던 남자친구가, 직장생활 때는 지금의 남편이 그녀에게 험한 세상에 다리가 되어주었다. 그들의 헌신과 사랑 덕분에 그녀는 힘든 고비 때마다 어렵게나마 버틸 수 있었다. 하지만 결혼하고 아이가 생기면서 할 일도 두 배로 늘어나고, 삶의 무게는 감당할 수 없을 정도로 커졌다. 아이가 커갈수록 그녀의 삶도 버거워졌다.

　"어떤 날은 아침이 오는 것이 두려워요. 모든 걸 저 혼자 해내야 한다는 사실이 너무 벅차게 느껴져요."

　세진 씨는 매순간 머릿속에 체크리스트가 펼쳐진다. 마치 팝업북을 펼친 것처럼 그 리스트는 입체적이다. 해야 할 일, 먼저

할 일, 나중에 할 일, 신경 써야 할 일, 덜 신경 써도 되는 일 등. 그 일들은 한 치 실수 없이 완수해야 했다. 실수 없이 하루가 끝나면 그나마 안도의 한숨을 쉴 수 있었다.

그녀는 완벽한 삶을 바랐지만 사실 그녀의 삶은 바스러지고 있었다. 뜻대로 되지 않는 일이 생길 때마다 그녀가 느끼는 고통과 불안은 상상할 수 없을 정도로 컸다. 그녀가 상담을 받게 된 결정적 이유는 남편과의 갈등이었다. 남편이 세상 누구보다 좋은 사람, 가정적인 사람이었지만, 남편에게 향하는 불만과 잔소리를 멈출 수 없었다. 급기야 남편마저 세진 씨와의 대화나 접촉을 피하고 있었다. 예민한 그녀에게 남편과의 거리감은 견딜 수 없는 일이었다.

이 문제에는 뿌리 깊은 원인이 있었다. 세진 씨의 어머니도, 그리고 아버지도 누구 못지않은 완벽주의자였다. 직업군인이던 아버지는 세진 씨를 멋모르는 신병처럼 다뤘다. 어머니 역시 그녀의 일거수일투족에 잔소리를 멈추지 않았다. 이건 이렇게 해야 하고, 저건 저렇게 해야 했다. 그렇지 않으면 그건 큰 잘못이라고 말하는 부모가 그녀의 완벽주의를 키웠던 것이다.

그런 부모 탓에 세진 씨는 지고는 못 사는 성미였다. 늘 경쟁자를 골라 상대를 꺾는 데서 사는 즐거움을 얻었다. 고등학교 시절, 옆 반 전교 1등을 라이벌로 정하고 그 학생을 기어이 이겼을 때는 말할 수 없을 만큼 희열을 느꼈다. 대학 때는 학점 경쟁, 미모 경쟁, 입사한 후에는 동료들과의 성과 경쟁에 몰두했다. 경쟁에서 이길수록 그녀는 짜릿함을 느꼈다. 그럴수록 그녀의 완벽주의는 강력해졌다.

그런데, 그녀의 뜻대로 되지 않은 일이 생기고 말았다. 바로 딸의 문제였다. 딸 윤미가 소아우울증 진단을 받은 것이다. 세진 씨의 억압적인 양육이 그 원인이었다. 자신을 꼭 닮은 기질의 아이에게 너무 많은 것을 요구했고, 너무 많은 잔소리를 했던 것이 문제였다. 그녀의 내면은 와르르 무너졌다. 자주 아팠고 좀처럼 기운을 차릴 수 없었다. 출근하기도 힘든 날이 생기며 한 달 사이에 일 년치 휴가를 몽땅 쓰고 말았다. 그녀의 내면은 파산 상태였다.

나는 심리학자 일레인 아론의 책《까다롭고 예민한 내 아이, 어떻게 키울까?》을 펼쳐 꼭 읽어야 할 부분들을 짚어주었다. 그리고 어린 시절, 왜 자신이 힘들었는지, 부모의 어떤 말이 자신을 그토록 힘들게 했는지 되새기며 읽어오라고 당부했다. 더불어 예민한 부모가 예민한 아이를 키울 때 주의할 점들을 더 꼼꼼히 읽어오라고 했다.

심리학자 한스 아이젱크는 내향성, 외향성 짝과 신경성, 정서적 안정성 짝으로 네 가지 유형의 성격을 구분한다. 네 유형 중 내향적이면서 신경성이 높은 사람을 우울형이라고 부르고 이들이 조용하고 비관적이고 비사교적이며, 불안하고 우울한 성격을 가질 가능성이 높다고 평가했다. 반대로 외향적이며 정서적 안정성이 높은 사람은 큰 심리문제도 겪지 않고, 다른 사람들보다 더 행복하게 살 가능성이 높다고 했다. 또, 심리학자 일레인 아론은 인구의 약 15퍼센트가 신경성이 매우 높은 민감한 기질을 타고난다고 말한다.

세진 씨의 어머니, 아버지, 그리고 세진 씨가 그런 사람이었다. 딸 윤미도 꼭 그런 아이였다. 게다가 윤미는 아빠의 내향성마저 닮아 수줍음도 많은 아이였다. 민감하면서도 지극히 내향적인 윤미에게 학교라는 공간은 애초 적응하기 힘든 곳이었다. 일레인 아론도 이런 아이들은 꼭 학교에 보낼 것이 아니라 홈스쿨링을 고려해보라고 조언한다. 만약 학교를 보내야 한다면 세심하고 안전한 방법을 강구하고, 마음을 지켜줄 대화와 양육이 뒤따라야 한다고 말한다.

천 사람이 있다면 천 가지 성격이 있다. 따라서 그 개성을 존중하고 기질에 적합한 양육 환경과 대화법, 교육법이 필요하다. 이런 면을 간과한 채 잘못된 정보나 편견, 자신의 습관에 의존해 자녀를 키우다보니 어려움을 겪는 것이다.

경쟁적 사회, 성취중심의 사회에서 완벽주의 성격은 가장 적합한 성격 유형일지 모른다. 하지만 가장 마음을 다치기 쉬운 성격이다. 흔히 사람들은 민감성을 성실성과 혼동한다. 사실 성실성이 지나치게 높은 것은 완벽주의자라기보다는 신경성이나 민감성의 성격과 더 관련이 깊다. 하는 일마다 신경을 많이 쓰다 보니 자연히 더 집착하고 더 열심히 하는 것이다. 안정감을 느끼며 성실하게 일하는 것이 아니라 안달복달하며 완벽주의를 추구하는 것이다. 남 보기에는 일을 잘 하는 것처럼 보이지만, 일과 관계 앞에서 늘 자괴감을 느끼고 마음을 졸인다.

긍정심리학자 탈 벤 샤하르는 현대인이 가장 빠지기 쉬운 심리 함정이 완벽주의라고 말한다. 완벽주의는 다양한 심리문제에 빠지기 쉽다. 우울증, 불안장애, 다이어트 중독과 극심한 열등감 등도 모두 완벽주의 성향에서 일어날 수 있다. 완벽주의자는 최상의 결과나 성취를 목표로 삼기 때문에 열등감에 시달리기 쉽다. 얼마든지 칭찬해도 될 일도 잘못된 점부터 찾기 때문이다.

샤하르에 따르면 완벽주의자는 실패할 확률이 높다. 그들이 실패에 대한 거부, 고통스러운 감정에 대한 거부, 성공에 대한 거부라는 특징을 갖기 때문이다. 실패에 대한 거부는 완벽주의자가 실패를 두려워하기 때문에 모험을 거부하고, 새롭게 도전하지 않는다는 의미다. 고통스러운 감정에 대한 거부는 자신의 실수로 생긴 불편한 감정을 회피하는 심리를 말한다. 완벽주의자들에게 불안장애가 많이 생기는 이유 역시 매사에 잘못될까봐 걱정을 반복하기 때문이다.

세진 씨는 완벽주의자의 취약성을 설명하자 바로 자기를 두

살아낸 시간이 살아갈 희망이다

고 하는 말이라고 맞장구를 쳤다. 나는 완벽주의자가 아닌 최적주의자로 살 것을 제안했다. 샤하르가 말하는 최적주의자란 자신의 에너지와 능력의 한계를 잘 알고, 주어진 일을 자신의 한계 안에서 설계하는 사람이다. 이런 사람들은 일과 삶의 균형 감각을 갖추고 있다.

자신의 부족함을 회피하려는 마음이 완벽주의를 초래한다. 심리학자 브레네 브라운은 자신의 취약성을 감추기 위해 사람들이 '마음가면' 혹은 '마음갑옷'을 쓴다고 말한다. '기쁨 차단하기' '강박적 완벽주의' '감정 마비시키기'가 대표적인 마음갑옷이다. 매사에 철두철미하고 최고를 지향하는 완벽주의는 자신의 취약성을 감추기 위해 흔히 빠지는 심리문제다.

완벽주의자들은 "모든 것을 완벽하게 해내고 완벽한 외모를 갖춘다면 비난·비판·수치심의 고통을 피하거나 최소화할 수 있다"고 착각한다. 하지만 더 완벽해지려고 할수록 우리는 마음의 감옥에서 헤어나기 힘들다.

노량진의 불안한 눈동자

"이제는 아무런 희망이 없어요."

"그렇지 않아요, 살아 있는 한 희망은 사라지지 않는 것이에요."

나는 몹시 불안한 그의 눈을 한참 응시했다. 그의 눈빛은 나락으로 떨어지는 자신을 붙잡아달라고 외치는 것 같았다. 수현 씨는 삼 년 동안 무려 7번 공무원 시험을 치르고 7번째 낙방했다. 그는 자신에게 남은 것이 아무것도 없다는 말을 반복했다. 희망도, 의지도, 돈도 세상에 다 털리고 말았다는 것이다.

한 기관의 도움으로 공시생들에게 무료 상담을 해준 적이 있다. 100명 넘는 공시생을 만나며 그들의 아픈 사연을 접했다. 그들 대부분은 짧지 않은 수험생활로 심신이 지쳐 있었다. 또 대개 우울증을 앓고 있었다. 수현 씨도 그때 만났다.

청년의 성장에는 도무지 관심이 없는 사회 풍토가 그들을 사지로 몰고 있다. 고학력 청년 수에 비해 양질의 일자리는 사라지고 있다. 사회 전반에 퍼진 경쟁 담론이 청년들의 숨통을 옥죄고 있다. 청년들은 세상 누구보다도 생존과 안정에 집착하게 되었다. 이런 분위기에서 공무원 시험은 마지막 희망이나 다름없었다.

공시생들의 신음을 들으면서 나의 위로가 과연 얼마나 도움이 될까 고민할 때가 많다. 심리치료는 나름의 한계가 있는 분야다. 내면의 문제에만 집중하기 때문이다. 영국의 실천심리학자 폴 몰로니는 이런 한계를 비판한다. 그는 아론 벡 등이 창시한 CBT를 위시한 인지치료와 최근 대세가 되고 있는 긍정심리치료, 명상에 기초한 제3세대 인지치료, 그리고 그 치료법들이 의존하는 대화치료 방식이 고통스러운 내면을 주조하는 현실에 대해서는 말하지 않는다고 말한다. 정신의학자, 심리치료사, 카운슬러들이 흔히 외면하는 진실은 정신문제는 한 사람이 처한 현실에 더 크게 기인한다는 사실이다. 정치의 문제, 사회경제적 문제가 개인의 문제보다 더 큰 정신적 고통을 줄 수 있다. 예를 들어 건강한 가정에서 잘 자란 아이라도 억압적인 교육 시스템에서 얼마든지 깊은 좌절과 상처를 경험할 수 있다.

개인의 심리는 사회적 산물이기도 하다. 내가 공시생들을 만나며 목격한 상처들도 다르지 않았다. 그들은 경제적 문제, 생계에 대한 걱정 때문에 가장 힘들어했다. 고시공부보다 힘겨운 건

한 끼의 밥, 수험서 한 권을 사는 비용이었다. 내가 만난 공시생 중에는 하루 5천원으로 버티는 이도 있었고, 컵밥조차 호위호식이라며 라면 한 그릇, 삼각 김밥 하나로 끼니를 때우는 이들도 적지 않았다.

나는 그들의 심리상태를 좀 더 알고 싶어서 매번 간단한 검사를 해보았다. 연세대 김주환 교수의 저서 《회복탄력성》에서 제공하는 검사를 활용했다. 결과는 예외를 찾기 힘들 정도로 대부분이 깨지기 쉬운 유리알 같은 상태였다. 밥 먹을 돈도 여유가 없으니, 당연히 심리상담이나 치료를 받아본 적도 없었다. 상담을 받을 생각조차 하지 않는 공시생이 대부분이었다.

동작구 마음건강센터의 조사에 따르면 공시생 가운데 70퍼센트 정도가 우울증과 불안장애에 시달리고 있다. 공시생의 심리 문제는 심리치료만으로는 턱없이 부족하다. 나 역시 그들에게 심리치료의 명백한 한계를 말했다. 대신 철학과 운동, 수면, 섭생, 최소한의 인간관계의 중요성을 거듭 강조했다. 공부를 위해 자신을 소진시키지 말고, 공부할 만한 심신을 유지하며 그 가운데 효율적으로 공부할 것을 당부했다. 하지만 그들이 털어놓는 치열한 현실담에 이런 조언마저도 공허할 때가 많았다.

다섯 번 가까이 개인 상담과 집단 상담을 같이 했던 수현 씨 역시 우울증이 심했지만, 오히려 나약한 자신을 자책하고만 있었다. "정신력 부족"이라며 자신을 벼랑 끝까지 내몰고 있었다.

나는 자신을 탓하는 것이 가장 나쁜 일이라고 했다. 자신을 향하던 채찍을 어서 거두라고 했다. 모든 인간은 연약할 수밖에 없으며, 위로받을 때에만 생존할 수 있다. 얼마 전부터 그는 자살충동이 심해졌다. 두려운 나머지 상담을 신청하게 되었다.

"정말 이런 제가 한심해요. 아버지, 어머니는 땡볕에서 하루 종일 뼈 빠지게 일하시는데, 저는 시원한 독서실에서 아무것도 하지 못하잖아요."

"아니에요, 수현 씨, 보여주신 성적표를 보니 그동안 얼마나 피땀 흘려 공부했는지 그 노력이 여실히 나타나는 걸요. 다만 운이 나빠 아직 합격을 못했을 뿐인 걸요"

"저 같은 놈, 자꾸 그렇게 위로하지 마세요. 나약한 생각만 들게 만들어요."

공시생들의 정신문제에는 공통점이 있었다. 그들은 차가운 현실이 만든 깊은 절망과 불안, 우울감으로 힘들어했다. 무기력 탓에 자신이 계획한 학습 스케줄을 따르지 못할 때가 많았다. 그 때문에 다시 자책과 자괴감의 악순환에 시달렸다. 몇 번의 낙방은 치명적일 수밖에 없다. 인생을 건 모험이 좌초되는 경험이기 때문이다. 이들에게 낙방 경험은 큰 상처가 되었고, 다시 공부에 집중하지 못하게 했다. 그럴수록 더 불안했고, 더 큰 패배감에

사로잡혔다. 또, 사회에 대한 불신과 적대감, 사람에 대한 혐오
감에서 헤어날 수 없었다. 특히 수현 씨는 마지막 낙방의 상처에
서 좀처럼 헤어나지 못하고 있었다.

"이번 불합격 통지를 받았을 때 마음이 무척 힘들었겠어요?"
"정말 하늘이 무너지는 것 같았어요. 마지막 열차를 놓쳤으니까
　요. 나 같은 건 이제 죽어야 한다는 생각밖에 들지 않았어요."
"그런 생각하시면 안 돼요. 우리 각자는 그 정도로 값어치 없
　는 존재가 아니에요. 자신의 존엄성을 외면해서는 안 돼요."

수현 씨는 지방의 한 대학에서 2학년까지 다니고 본격적인 시
험 준비를 위해 서울 노량진으로 왔다. 서울에서 3년을 지내는
동안 한시도 편한 날이 없었다. 그의 학원비와 생활비를 보내주
고 있는 부모님들 역시 빚으로 아들을 돕고 있었다. 그는 일 년
전부터 심한 불면증과 복통, 대인기피증을 동반한 사회공포증으
로 공부에 매진할 수가 없었다. 그가 유일하게 스트레스를 푸는
방법은 고시촌 공시생들과 일주일에 한두 번 밤늦도록 술을 마
시는 것이었다. 그러나 이마저도 불편했다. 그들과의 술자리는
사회나 경쟁 여자 공시생을 저주하는 비난과 험담이 난무했다.
쓸모없는 논쟁과 의견 충돌이 마지막 힘마저 방전시킬 때가 많
았다. 그는 그들마저 혐오스러워졌다. 그들까지 멀리하자 그는

완전히 고립되고 말았다. 노량진의 좁은 고시원 방 한 칸에 섬처럼 남고 말았다.

"노량진에는 저 같은 사람들이 넘쳐나요. 전 그 사람들 얼굴만 보면 금방 알아요. 그중에서도 저는 최악이고요."

"지난번에도 말씀드렸지만 자신을 비하하지 않도록 노력하셔야 해요. 자신을 비하하는 것도 습관이 되고, 그런 생각습관이 우울과 불안을 더 키우는 법이거든요."

"읽어보라고 하셨던 책은 아직 읽지 못했어요. 하지만 말씀하신 대로 하루에 한 시간 걷기를 해보려고 노력은 했어요."

"어떠셨어요. 도움이 좀 되던가요?"

"처음에는 공부할 시간도 모자란 사람에게 무슨 운동을 하라고 하나 반감이 컸죠. 사실 공부도 안 하고 종일 한심하게 스마트폰만 보고 있긴 하지만요. 하지만 운동을 한 날은 그래도 좀 잠도 편하게 자고, 기분도 아주 저조해지지는 않는 것 같아요."

"맞아요. 운동은 하기는 힘들어도, 운동한 것보다 더 많은 좋은 것들을 돌려주는 유익한 일이에요. 그러니 힘들어도 마음을 다잡으셔야 해요. 그럼, 다음번에 오실 때는 말씀드린 책들, 필립과 페리의 《인생학교 정신》이나 토마스 호엔제의 《평정심, 나를 지켜내는 힘》, 크리스토프 앙드레의 《나라서 참

다행이다》중에 한 권만이라도 꼭 읽어오세요."

몇 주 만에 찾아온 수현 씨는 다행히 도서관에서 책을 빌려 《인생학교 정신》과 《평정심, 나를 지켜내는 힘》을 읽었다고 했다. 《나라서 참 다행이다》도 어제 빌려 지하철을 타고 오는 동안 읽었다고 했다. 그는 수험생답게 작은 노트를 하나 사서 읽은 내용을 빽빽하게 적어왔다. 마음의 지옥에서 벗어나려는 그의 치열하면서도 안타까운 의지가 느껴졌다.

"읽으셨다니 참 반가운 일이네요. 그래요. 《인생학교 정신》과 《평정심, 나를 지켜내는 힘》 중에서 어떤 책이 좀 더 공감이 가던가요?"

"저에게는 두 권 모두 좋았어요. 하지만 《평정심, 나를 지켜내는 힘》이 조금 더 나았어요. 제 자신에게 가졌던 생각들 중에서 잘못된 것들이 참 많다는 것을 정말 많이 느꼈어요."

"그게 구체적으로 어떤 것이었나요?"

"이 책에는 자기 사랑에 대한 이야기가 많이 나오잖아요. 그런데 저는 저를 그동안 충분히 사랑하지 못했던 것 같아요. 어쩌면 그것이 더 자신을 주눅 들게 만들고 매사에 의욕적으로 생활할 수 없게 했던 큰 원인이었던 것 같아요."

"네, 잘 지적하셨어요. 수험생활을 성공적으로 해내려면 결국

강한 의지력이 필요하고, 그러려면 자책이나 후회가 아니라 자신을 좀 더 아끼고 사랑하는 마음이 필요할 거예요."

심리적으로 몹시 불안한 수현 씨를 위해 나는 예외적으로 한 번 더 개인 상담을 할 수 있도록 배려했다. 자주 상담을 할 수 있는 형편이 아니어서 띄엄띄엄 상담을 했고, 매번 그에게는 여러 권의 치유서, 철학책을 읽어올 것을 당부했다. 그날도 그에게 다음 상담에 오기 전에 적어준 10권의 치유서 가운데 적어도 5권을 읽어올 것을 조건으로 내걸었다. 10권의 치유서는 데이비드 번스의 《필링 굿》, 댄 베이커의 《인생 치유》, 마틴 셀리그만의 《낙관성 학습》, 빅터 프랭클의 《죽음의 수용소에서》, 조너선 하이트의 《행복의 가설》, 스콧 스프라들린의 《감정조절 설명서》, 소냐 류보머스키의 《How to be happy》, 스티븐 S. 일라디의 《나는 원래 행복하다》, 프레데릭 르누아르의 《행복을 철학하다》, 마크 윌리엄스의 《8주 나를 비우는 시간》이었다.

몇 달 후 마지막 개인 상담을 신청한 수현 씨는 놀랍게도 5권이 아니라 10권 전부를 읽었다고 했다. 그래서 상담 신청도 많이 늦어졌다고 했다. 10권, 아니 정확하게 13권의 치유서를 읽고 난 수현 씨는 처음 만났을 때와는 많은 것이 달라졌다. 무엇보다도 목소리에서 생기가 느껴졌다.

"인간은 어리석은 존재인 것 같아요."

"네, 어리석은 존재가 맞죠. 하지만 자신이 어리석다는 점을 인정하는 것이 지혜를 얻는 첫 번째 단계겠죠."

"소장님께서 알려준 책들을 한 권씩 읽으며 제가 그동안 얼마나 어리석은 존재로 살았는지 알게 되었어요."

"구체적으로 어떤 생각이 가장 많이 들었나요?"

"자기다운 삶을 사는 것이 가장 중요한 일이라는 걸 깨달았어요. 왜 공무원이 되려고 하는가 하는 점에 대해서도 참 많은 생각을 했어요. 사실 무조건 붙어야 한다고만 생각했지, 내가 왜 공무원이 되고 싶은지, 공무원이 되면 무슨 일을 하고 싶은지도 잘 생각해보지 못했던 것 같아요."

"맞아요. 그런 생각을 하면 좀 더 의욕이 생기고 공부에 대한 열정도 커지겠지요."

그와의 마지막 개인 상담은 비교적 짧았다. 하지만 그는 내게 이렇게라도 자신의 말을 들어주어 너무 고맙다고 했다. 수현 씨는 당분간 시골에 내려가 어머니 가게를 도우며 재충전하고 다시 공무원 시험을 도전하겠다고 했다. 나는 그에게 또 다시 몇 권의 철학 치유서를 적어주었다. 자기 인생에 대한 깊은 성찰을 도울 수 있는 책들이었다. 책들 중에는 달라이 라마의 《당신은 행복한가》도 있었고, 발타자르 토마스의 《비참할 땐 스피노자》,

《우울할 땐 니체》도, 레베카 라인하르트의 《방황의 기술》도 있었다. 수현 씨 같은 경우라면 이진우의 《니체의 인생강의》나 리처드 스코시의 《행복의 비밀》, 수전 울프의 《LIFE 삶이란 무엇인가》도 도움이 될 것 같았다.

나는 20대 청년들에게 프레데릭 르누아르의 《젊은 날, 아픔을 철학하다》를 많이 권한다. 르누아르는 청년들에게 경험에 비추어 청춘의 불안이 꼭 부정적인 것만은 아니라며 이렇게 다독인다.

"만약 내가 젊은 날 아픔으로 고뇌하지 않았다면 가치 있는 성장을 위한 자산들을 굳이 내 안에서 찾으려 철학의 문을 두드리지도 않았을 것이다. 또한 부정적인 시선으로 나를 대하는 사람들과 원만하게 지내기 위해 발버둥치지도 않았을 것이다. 새로운 변화를 꿈꾸지 않았을 것이며 지금처럼 만족스러운 자기실현을 이루지 못했을 것이다. 어쩌면 정말 원하는 일을 직업으로 택하기보다 주어진 대로 편하고 쉬운 길을 택했을지도 모른다. 비록 내면의 상처를 치유하는 과정이 고통스럽기는 했지만 그것을 잘 이겨낸 결과 마침내 새로운 나로 다시 태어날 수 있었다."

그는 마지막으로 그동안 개인 상담을 했던 공시생 가운데 신청자를 받아 진행한 집단 상담에도 참석했다. 나는 그에게 책을 잘 읽고 있는지 물었다. 다행히 요즘 집 근처 읍내도서관에서 살

다시피 한다고 했다. 내가 적어준 책은 물론이고, 내가 지은 책까지도 거의 다 읽었다고 했다. 가끔 집안일도 돕는다는 그의 구릿빛 얼굴에서 나는 예전 충북 음성에서 농부 견습생을 하던 때를 떠올릴 수 있었다.

살아낸 시간이 살아갈 희망이다

책이 있다면 아직 희망이 있다

벌써 15년이다. 나는 새벽마다 책을 읽는다. 개심(改心) 이후 밤 9시에 잠들어 다음 날 이른 시간에 깨는 습관이 생겼다. 그리고 이 시간은 소중한 독서시간, 글쓰기 시간이다. 새벽마다 눈을 부비며 정성스럽게 책을 편다. 그리고 글을 쓴다. 이는 내게 가장 진지한 일이다. 아무 방해 받지 않는 이 절대 시간에 나는 정갈한 마음으로 책이 있는 방의 문을 들어선다. 책들이 때로 방문을 열고 먼저 나를 반긴다. 나는 내 옆에 책이 있으므로 늘 안도의 한숨을 내쉰다.

새벽의 독서는 깨끗한 의식에 뜨개질을 한다. 새벽 독서가 가진 커다란 장점은 책의 한 줄, 한 줄이 대지를 향하는 빗방울처럼 아름답게 작용한다는 점이다. 나의 내면은 그동안 그 비를 맞고 자랐다. 새벽에 들어서는 책의 방들은 대부분 안락하며, 영혼을 씻겨주는 밝은 빛이 가득하다. 당연히 그것으로 내 의식은 생이 주는 통증을 줄여주는 약초들을 캐서 말려왔다. 새벽의 읽기는 마음의 병에 잘 드는 '책 약'을 발견하고, 나 스스로를 깨우고 정돈하는 시간이었다.

삶은 고뇌로 채워지기 마련이다. 스캇 펙은 《아직도 가야 할 길》에서 '인생은 고통이다(Life is difficult)'라는 말로 책을 연다. 이 한 줄에는 여러 의미가 포함되어 있다. 인간이 고통을 피할 수 없는 존재라는 뜻도, 생의 걸음 걸음이 고통스러울 수밖에 없다는 진실도 담고 있다. 혹은 한 번 주어지는 이 삶을 아깝지 않게 사는 일이 결코 쉽지 않다는 뜻도 있다.

인생이 고통일 수 있는 또 한 가지 이유는 우리는 누구나 상처 받을 수 있다는 사실에 있다. 하나의 사건조차 사람마다 상처의 깊이가 다를 수 있다. 사건은 객관적으로 존재하지만, 상처는 주관적으로 느끼기 때문이다. 박사 진학을 할 수 없게 된 일이 내게는 큰 상처였으나, 초등학교만 겨우 나온 나의 부모에게는 공감하기 어려운 병이었다. 아버지는 그런 일로 사람이 이렇게까지 아플 수 있다는 사실을 믿기 어려워했다. 아버지가 "그렇게 많은 걸 배웠는데 무언들 못하느냐"는 말도 틀린 것이 아니었다. 하지만 나는 확실히 무척 아팠다. 아픔의 실체가 있었다. 너무 아파 나의 존재를 없애고 싶을 정도였으니까.

어떤 상처라도 존중받아야 한다. 병든 꽃에는 미풍조차 고난일 수 있다. 때문에 어떤 상처도 섬세하게 다루어져야 한다. 치유는 상처를 가감 없이 수용하고, 지금보다 나은 의식을 가다듬을 때에 가능하다. 먼저는 상처를 있는 그대로 받아들여야 한다. 당신의 의식이 글러먹어, 그 상처 역시 가짜일 것이라고 말하는 것은 폭력적인 생각이다. 그러니 상처 입은 사람을 대면했을 때 우리는 그 사람의 표정을 살피며 조심스레 "많이 아팠니?"라고 물어야 한다.

상처 입은 마음은 어떻게 치유되는가? 나는 여전히 이 질문에 답하는 중이다. 지나고 보니 치유의 길은 여러 갈래였다. 로마로 가는 길은 많았다. 나는 길 위에서 치유자들을 만날 수 있었다. 미술을 통해 치유의 길을 궁구하는 사람도 있었고, 음악이나 무용으로 치유의 방법을 찾는 치유자도 보았다. 치유적 운동이나 동작의 중요성을 말하는 이들도 있었고, 숲이나 원예 활동이 놀랄 만큼 대안임을 알려준 사람도 있었다.

나는 책과 문학에 많이 익숙했던 사람이고, 그래서 책을 통해 치유를 얻었다. 그리고 자연스럽게 책, 문학으로 상처를 치유하는 방법을 찾게 되었다.

독서치료사가 되기까지 많은 만남과 회복이 있었다. 나는 30

대 중반까지 10년 넘게 아이들을 가르쳤고 많은 아이들을 만났다. 그때마다 마광수에게 배운 문학을 통해 카타르시스를 얻는 방법을 아이들에게 알려주었다. 공부를 힘들어하는 아이들이 문학을 통해 자신감을 되찾는 것을 수없이 목격했다. 함께 문학작품을 읽고, 인생목표를 세우다보면 마음이 아픈 아이들도 어느새 공부에 대한 열의를 회복할 때가 많았다. 그것은 내 인생에서 가장 행복한 기억이었다.

아이들 중에는 부모나 세상, 그리고 자신의 가학적인 생각에 상처 입은 경우도 적지 않았다. 100명의 아이를 만나면 절반 이상은 여기 해당됐고, 그 중 절반은 치유가 절실히 필요한 상태였다. 그때마다 나는 독서치료의 중요성을 절감했다.

내가 가장 감사한 것은 책이다. 세상 모든 책이 이어져 있다고 한다면 책이야말로 신의 현신이다. 나는 책에 힘입어 성장했고, 지금도 성숙의 단계를 밟고 있다. 고흐에게 그림이 그랬듯 책은 언제나 내게 전부에 가깝다.

나는 책이 지닌 힘을 믿는다. 사람과 사람 사이에는 책이 있다. 침묵을 즐기는 현자조차 책만은 남기는 법이다. 현자가 지상을 떠나도, 우리가 구한다면 그 온전한 육성을 체험할 수 있다. 책은 언제나 아픈 지상에 남기 때문이다. 그러니 그들이 남긴 좋은 책을 찾아 읽는 일은 보석을 닦는 것처럼 귀한 일이다. 우리

는 책이 아니라면 타인의 마음을 거의 느낄 수 없다. 좋은 책이
란 수십 번 퇴고를 거친 《데미안》처럼 우리 의식을 안전하게 인
도하는 사신이다. 그 안전한 인도만이 치유의 길을 열고 잘려진
마음들에 다시 걸음마를 가르칠 수 있다.

책 가운데 특히 치유서가 필요한 이유는 우리의 상처가 결코
가볍지 않기 때문이다. 우리는 상처 받기 쉬운 세상에 던져졌다.
그러니 치유서를 읽지 않고 하루를 산다는 것은 위험한 거부와
같다. 비평가 해럴드 블룸은 "우리가 (문학을) 읽는 이유는 사람
들에 대해 충분히 알지 못하기 때문만이 아니라 우정이 너무 취
약하고, 위축되거나 사라지기 쉬우며, 공간과 시간과 불완전한
연민, 그리고 가정과 애정 생활의 온갖 슬픔으로 짓눌리기 쉽기
때문"이라고 했다. 불완전한 삶에 선한 보충이 필요하다. 이는
치유의 힘을 가진 책, 문학작품이 아니라면 하기 어려운 일이다.

나는 오늘도 상담실에서 마음이 아픈 분들을 만난다. 그들의
상처에 귀 기울이면서 그들을 치유해줄 한 권의 책을 떠올린다.
세상 어딘가에 당신을 일으킬 책이 있다. 내 옆에 책이 있다면
아직 희망은 있다.

살아낸 시간이 살아갈 희망이다

살아낸 시간이 살아갈 희망이다

초판 1쇄 인쇄   2018년 9월 2일
초판 1쇄 발행   2018년 9월 10일

지은이 | 박민근

펴낸이 | 성미옥
펴낸곳 | 생각속의집

출판등록 2010년 5월 18일 제300-2010-66호
주소 | 서울시 종로구 혜화동 53-9 1층
전화 | (02)318-6818   팩스 | (02)318-6613
전자우편 | houseinmind@gmail.com

ISBN 979-11-86118-30-6 03810